西顿野生动物小说全集

[加拿大] 欧·汤·西顿 著　庞海丽 译

公鹿的脚印

吉林出版集团有限责任公司
全国百佳图书出版单位

图书在版编目（CIP）数据

公鹿的脚印 /（加）西顿著；庞海丽译.-- 长春：吉林出版集团股份有限公司，2015.7（2021.5重印）（西顿野生动物小说全集）
ISBN 978-7-5534-7916-3

Ⅰ.①公… Ⅱ.①西…②庞… Ⅲ.①儿童文学—短篇小说—小说集—加拿大—现代 Ⅳ.①I711.84

中国版本图书馆 CIP 数据核字（2015）第 142909 号

西顿野生动物小说全集

公鹿的脚印

著　　者 /[加] 欧·汤·西顿
译　　者 / 庞海丽
出 版 人 / 齐　郁
选题策划 / 朱万军
责任编辑 / 孙　婷　　田　璐
封面设计 / 西木 Simo
封面插画 / 西木 Simo
版式设计 / 炎黄艺术
内文插画 / 莫蝉瑜
出　　版　吉林出版集团股份有限公司
发　　行　吉林出版集团青少年书刊发行有限公司
地　　址 / 吉林省长春市福祉大路 5788 号
邮政编码 / 130021
电　　话 / 0431-81629800
印　　刷 / 天津海德伟业印务有限公司
版　　次 / 2015 年 7 月第 1 版
印　　次 / 2021 年 5 月第 5 次印刷
开　　本 / 880mm×1230mm　1/32
印　　张 / 5.25
字　　数 / 71 千字
书　　号 / ISBN 978-7-5534-7916-3
定　　价 / 32.00 元

版权所有　　　侵权必究

目　录

吉尔达河边的浣熊 / 001

春田狐 / 040

野马飞毛腿 / 072

公鹿的脚印 / 114

吉尔达河边的浣熊

一

到了每年三月的时候,乌鸦、啄木鸟,还有许多种鸟儿就成群结队地飞到森林里来,它们的歌声在森林里飘荡着,到处是一片春意盎然的景象。鸟儿们带来了春天的生机,一扫冬季的寂静。

这天，太阳已经下山了，暮色中的雪地反射着柔和的星光。虽然这星光很微弱，却依然给森林里带来了些许亮光。不久，在灰暗的夜色里，出现了两只动物的身影。它们的身形要比狐狸大上一些。尾巴粗壮，身上覆盖着蓬松的毛发，尾巴上还有几道黑色的环纹，原来是两只浣熊。只见它们一跃就跳到了倒在地上的一根圆木上面，然后顺着树干扑通、扑通地往前跑。

这两只浣熊应该是一对夫妻，它们一大一小，体形稍微大一点儿的是丈夫，而小一点儿的则是浣熊妻子。现在，母浣熊似乎有些急躁，它很不耐烦地跑在前面，并且一边跑，还一边回头去咬它的丈夫。

而它的丈夫，那只大一点儿的浣熊则显得很平静，也不反击母浣熊，它紧随在妻子的后边走，看上去很有耐心。

为什么那只公浣熊情愿忍受着妻子的坏脾气呢？因为母浣熊快临产了，它们这是在迫不及待地寻找新居呢。在临产前，必须找到一个安身之地。母浣熊一个劲儿地朝前走着。依照浣熊的传统，在哪里生孩子是由母亲决定的，所以母浣熊理所当然要跑在前面；而公浣熊的责任则是保护好母浣熊，因而它要紧跟在妻子的后面，以免妻儿遭到敌人的袭击。即使妻子再烦躁，也要紧随在后面，谁让它是丈夫呢！这两只浣熊穿过河边的赤杨树，又钻进草丛里继续往前走。过了一会儿，它们来到了一片更广阔的森林。森林附近的土地，地势低且贫瘠，所以人们就没有开垦，任由它们荒着。浣熊夫妻在林中仔细地寻找可以栖身的树洞。

母浣熊在一棵又一棵大树前停下来，仰起头逐个儿地打量着，看看不行，就又朝临近的一棵大树跑去。

松树很少有树洞；有的枫树有洞而有的却没有；枯木一般是有树洞的，但却未必适合居住。浣熊的洞一定要建立在树的高处，树高处的树洞，是要爬上去看一看才行的。但这对浣熊夫妻笃信自己的判断力，它们并不攀到树顶上，只是在下面看一眼树根，好像就能知道哪棵树上有适合它们安家的树洞了。

黑暗中，母浣熊越过一棵棵粗大的树，朝两条河流交汇后的转弯处走去，接着，它找到了一棵已经枯干了的大枫树，停下来四周看了看，觉得还很满意，就噌噌噌爬到了树上。

　　大枫树位于满是泥泞的沼泽中间，附近有可以觅食的河流。树的高处有一个大树洞，树洞的底部沉积着一层软软的木屑；树洞的入口小但很坚固，周边还有很多大树枝，既可以用来掩护洞口，也可以躺在上面晒太阳。洞里很宽敞，是浣熊理想的安家场所。

　　洞里面还不潮湿。经过了一番考察，母浣熊决定在这里安家生小浣熊了。

二

　　四月份的时候，母浣熊在枫树上的洞穴里生下了五个小浣熊宝宝。这五个孩子长得都跟它们的爸爸妈妈一样，有着黑色环纹的尾巴，脸上也带有同样的条纹。

　　刚出生的小浣熊生活简单得很，每天除了吃就是睡。而母浣熊相对就要比以前忙多了，它除了给孩子们喂奶，还要把它们收拾得干干净净，对孩子们真是呵护备至。

到了六月份，小浣熊们已经长大了一些，天气晴朗的时候，它们就都跑到洞穴外面去，横躺在大树干上，充分享受着日光浴。

随着五只小浣熊渐渐长大，它们的性格也有了越来越明显的不同。其中有一只胖乎乎的，它的动作是最慢的，干什么都要比别的小浣熊慢半拍，它是最后一个出洞，也是最后一个进洞；而有一只小浣熊的尾巴上只有一条环纹，而且尾巴还特别短，这只小浣熊的胆子特别小。这里我们不能不提到另一只小浣熊，它的个头儿很大，但做事却毛躁，总是慌慌张张的，闹得浣熊妈妈片刻不得安宁，它就是我们故事的主人公——球球。

随着小浣熊们渐渐长大，浣熊妈妈也就有了新的烦恼——小浣熊们会跑会跳了，浣熊妈妈要时刻注意孩子们的安全了。所以，每当小家伙们从树洞里走出来玩耍的时候，浣熊妈妈总是特意叮嘱它们，只能在洞穴口玩，或者到高处的小树枝上去玩，但是不可以到洞穴下面去，因为树洞下面的树皮已经脱落了，树表面太滑，非常危险，所以谁都不可以下去。

制定了规定后，浣熊妈妈还要监督执行。每当哪只小浣熊要滑到下面去的时候，它们的妈妈就会厉声喝止，胆小些的孩子一般都会听从，但球球却不太把妈妈的指令当回事儿，它总是想方设法地要下去试试，可每次都被妈妈及时发现并制止了。

每当这个时候，浣熊妈妈就会发出一连串尖锐的叫声，那意思是在斥责球球不听话。

可是妈妈越是禁止，那下面对球球的吸引力就越大，它总想找机会下去看看。

终于有一天，球球逮到了这样的机会。当时，浣熊妈妈还在洞穴里面忙活着什么，球球看到自己离开了妈妈的视线，便悄悄地离开了大家正晒太阳的大树枝，来到光滑的树身，它的前脚刚伸出去，身子便控制不住了，一直向下面滑了下去。球球可真是吓坏了，它拼命抓向任何可以抓到的东西，但是抓到的树枝都太细了，而它的身子又太重，于是，只听"扑通"一声，球球便掉进了水里。

其他的小浣熊都被眼前的情景给吓坏了，它们大声尖叫着，浣熊妈妈赶紧从洞穴里面跑了出来。它看到球球在水里面拼命地挣扎着，便立刻跑过去抢救。这时球球已经被水冲到了沙滩上。

尽管受到了惊吓，球球并没有受伤，在浣熊妈妈下树之前，它自己奋力挣扎回树下了。

浣熊妈妈看到球球平安无事，便回到了洞穴。

看到其他的小浣熊都用略带羡慕的表情看着它，球球便扬扬自得起来。它大模大样地想再爬到树上去，可是树干实在是太滑了，它爬了好几次，但结果都狼狈地摔了下来，它不得不再次向妈妈求助。它拉着长音悲伤地大叫起来。浣熊妈妈听到求救声后，就从树上下来，用嘴叼住球球的脖子，再用前爪夹住它，然后转到树干的另一侧。这一侧的树干有两条长长的、能够被爪子抓住的裂缝，抓着这两条裂缝能够站立起来。浣熊妈妈让球球自己抓住树干上的裂缝往上爬，自己则在下面奋力推它，球球这才好不容易爬到了树上。

在返回树洞的途中，浣熊妈妈一直拍打着球球的屁股，它这么不听话，必须给它点儿教训才行。可是，经过了这次教训，顽皮的球球不但不畏惧，反而越发激发起它探索地面世界的兴趣了。

三

大约又过了两个星期，在一个月圆的晚上，浣熊妈妈想主动带孩子们到树下去看看。一般大的浣熊是能够在黑暗中自由活动的，但是要教小家伙们如何狩猎，却必须有光亮才行。

浣熊爸爸先从树上爬下去，它要先侦察一下附近的环境是否安全。

小浣熊们要想顺着光滑的树干下来就只有一条路，那就是依靠树干上的那两条裂缝。它们只有把爪子搭在裂缝上，才能在树干上爬上爬下。浣熊妈妈向它的孩子们示范正确的爬树方法，告诉它们怎样做才能避免从树上一下子掉到地上。它慢慢地滑下去，小浣熊们也都跟在后面照着母亲的样子，一个接一个地滑了下来。

对小浣熊们来说，树下面的世界就是一个崭新的天地！它们觉得每一样东西都新鲜有趣。凡是碰到小石头、杂草、枯树叶什么的，它们都要用小爪子摸一摸、碰一碰，或者是抓起来放在鼻子底下闻一闻。尤其是水，更使它们感到惊奇。它们觉得水真是太不可思议了，水面波光粼粼，用爪子轻轻触摸一下，亮光就破碎了，还抓不到，水会一下子从它们的指缝间流走。

真是太好玩了！它们还绕着几棵大树，转着圈儿地跑着、玩着，一会儿，又滚落到地面的小窟窿里面。它们已经完全忘记了妈妈带它们下到地面的目的了。

这时，浣熊妈妈把小浣熊们都喊了过来，它要开始教孩子们如何去狩猎了。只见浣熊妈妈蹲在沼泽边上，把两只前爪都放进了水里，并在水里来回不停地搅动着，而眼睛一边盯着爪子下边，一边却警惕地注视着远方的森林，防备敌人偷袭。接着，它就用锐利的爪子抓到了泥土中的螃蟹、鱼和青蛙等小动物。

小浣熊们紧盯着妈妈的动作，接下来它们也在水边排成了一排，照着妈妈的样子，把前爪伸进水里开始抓泥。爪子在柔软的泥土中不停地抓啊抓，有些硬硬的东西是植物的根，有些硬硬的东西是石头，抓着抓着，就会抓到了一些软软的、不停游动着的东西，现在它们知道了，原来妈妈带它们到这里来是要教会它们如何去寻找猎物的！这些软软的、慢慢游动着的东西是蝌蚪。球球也抓到了蝌蚪，它连忙把小蝌蚪塞进了嘴里，没想到却吃进了满嘴的沙子，硌得牙疼。于是它把沙子连同蝌蚪一同都吐了出来。而妈妈是怎么做的呢？它一捉到从水面上跳起来的小蝌蚪，就先把它放在水里好好地洗干净，然后再吃进嘴里。球球是错在没有洗干净就吃进嘴里了。

现在它从妈妈那里学会了这个办法，马上就把新捉到的、洗干净的小蝌蚪放进嘴里。啊，好香啊！其他的几个小家伙因为胆子小的缘故，它们总是跟在妈妈身边，跟球球比起来，它们的进步可小多了，学会的东西也比球球少。但在那个夜里，它们也同样学会了寻找水中猎物的方法,以及捕捉到猎物后的正确吃法。它们都喜欢上了在水中捕食这一有趣的事情。

正当它们饶有兴趣地练习的时候,传来了浣熊爸爸那低沉的叫声。于是它们马上停止了手头的动作。浣熊爸爸是在向它们发出危险警报呢,那意思是说:"有危险了,赶紧爬回树上去,到洞里躲起来!"

小浣熊不知道究竟发生了什么可怕的事情,可是从爸爸的声音中,它们却听出了些许的不安。浣熊妈妈迅速把小家伙们集合起来,在妈妈的指挥下,小浣熊们排成一排爬到了树上,回到了它们那舒适的家——大枫树上的树洞里。小家伙们在树洞里,拥挤在妈妈的周围,这时,听到从遥远的下游传来了"汪汪汪"的吼叫声,似乎是来了个凶猛的野兽,浣熊妈妈仔细地倾听着那边传来的声音。

过了一会儿,浣熊爸爸浑身湿漉漉地爬上树来,它显得有点儿慌张。原来,那个可怕的猛兽是猎狗,浣熊爸爸为了引开它,故意绕了一个大圈子,才又从河里游了回来。在河里游了一趟后,就可以把自己的足迹和气味消除了；假若是从地面跑回来的话，气味就会被对方捕捉到，敌人就会顺着气味追过来。

追踪的猎狗果然中了浣熊爸爸的计，它在浣熊爸爸故意留下气味的地方绕来绕去，结果却离这边越来越远了，直到消失在了森林的深处。在听不到猎狗那可怕的吼声后，浣熊爸爸和浣熊妈妈才放心地舒了口气。

就在这个晚上，球球它们几个小家伙学会了好多本领。妈妈教会了它们如何在月夜的河边找寻东西吃；如果听到猎狗那可怕的叫声，爸爸发出危险的信号时，就要马上爬到树上，躲到树洞里面去，避开危险。

整个晚上，球球它们几个都在回味刚抓到猎物时的那种兴奋的感觉。它们盼望着第二天晚上快点儿到来，好再次出去练习捕猎。

四

浣熊一家度过了一个有惊无险的夜晚。

到了第二天晚上，浣熊妈妈还是觉得不太放心，它总是觉得下面的世界好像不太对劲儿。

可是小家伙们却一点儿也不懂什么是危险，球球它们等待夜晚的到来已经等得不耐烦了，它们一门心思就想着快点儿到河边找食吃呢。

但是，浣熊妈妈却叫它的孩子们一直待在洞里，它自己则跑到白天晒太阳的那个大树枝上，东张西望，又竖起耳朵仔细地听了听周围的动静。

球球它们可真的饿坏了，都盼着快点儿到树底下去呢，所以它们个个都急得不得了。尤其是好动的球球，它不停地冲着爸爸嚷嚷，跟它要食物吃。浣熊爸爸被它吵烦了，于是也跟着浣熊妈妈来到了地面上。

夫妻两个从树上下来后，一直留意着周围的情况，保持着高度的警惕。浣熊妈妈对着河的对岸观察了半天，但它却什么都没发现。

于是，它便同意孩子们下树了。不过，它仍是告诫孩子们要抓住树干上的裂缝，接着便带着小浣熊们一个接一个地来到地面。小家伙们下了树之后，立刻撒欢儿地朝水边奔去,等它们折腾够了,才想起找食吃。

球球还是第一个找到了可吃的东西,它先是捉到了一只青蛙;接着,另外几个小家伙也都如愿以偿地捉到了青蛙;就连那只最小的浣熊也捉到了一只小蝌蚪。大家心里甭提有多高兴了,它们快快乐乐地吃着自己亲手捉到的这些美味。

过了一会儿,球球在水中隆起的沙洲上又发现了一只新的"青蛙"。不过,这只"青蛙"跟它以前见过的青蛙有点儿不同,这只"青蛙"明显要漂亮一些,而且身体上还开有两扇小门,只在中间的位置有一团肥美的肉。球球立刻伸爪子就抓。可就在刹那间,那扇门却关上了,球球的一只前爪也被关进了里面。

球球大声地呼喊着妈妈,让妈妈快点儿过来帮它。浣熊妈妈马上跑了过来,它一看就明白是怎么回事了,原来球球抓到的根本就不是什么青蛙,而是一只河贝。河贝那两片贝壳时而张开,时而闭合。

浣熊妈妈当然知道怎么对付这个小东西,它立刻用尖利的牙齿把河贝的外壳咬碎,这时河贝就把它的嘴大大地张开了，球球这才把前爪从河贝的口中拿了出来。随后，球球把河贝里面的肉也一把抓了出来，在水里清洗了一下，便放到嘴里吃了起来。

球球觉得河贝的味道很是鲜美，就是会咬人，所以下次捉它的时候就一定会小心了。

这个晚上，球球又学到了新知识——它认识了河贝，并且还知道了河贝的厉害。

小家伙们吃得正欢的时候，浣熊爸爸一直都趴在一个隆起的树根上负责警戒。它警惕地环顾着四周，嘴里不时地发出低沉的"呜呜"声。而浣熊妈妈也顾不上吃东西了，它沿着流淌的河水不时地跑动着，以便搅乱孩子们留在周围的足迹和气味。

浣熊妈妈总有一种预感，觉得某种危险正向自己的家人慢慢地靠近，这种感觉使它坐卧不安。

浣熊妈妈跑着跑着，突然朝它的孩子们喊了起来，意思是告诉孩子们有危险，赶快回树洞里面去。

小浣熊们本来还想再玩一会儿呢，听到妈妈发出警报，都不太情愿，尤其是球球，它还在兴头儿上呢，更是不想回去。不过它怕挨妈妈打,所以只好很不情愿地同其他的几个弟弟妹妹一起,爬回了树上的洞穴里。

等浣熊一家七口刚一爬回树洞里,就听得山丘那边传来了狐狸的叫声。浣熊妈妈趴在洞口向外面瞧着,距离它们这棵枫树不远的地方,一只麻雀正在叽叽喳喳地叫个不停。浣熊妈妈对它的声音一点儿也不感兴趣,除此之外,它还听到了别的什么声音,很微弱,有点儿像是树枝被折断时发出的咔嚓声和狗叫声。小浣熊们并不知道那是什么声音,可它们的爸爸妈妈一听到那个声音就吓得一个劲儿发抖。

那种声音离这边越来越近了,不一会儿,树木间突然出现了一闪一闪的红光,原来是一群猎人手持火把,牵着猎狗走过来了。

浣熊妈妈吓得不得了,它曾经见过猎人和猎狗经过一片森林时,将那里的动物们都杀死了。

距离浣熊家已经很近了,猎狗突然猛烈地叫了起来。不过,猎人和猎狗并没有在这个地方停留,而是朝着另外一个方向跑去了。原来,猎狗闻到了狐狸的气味，赶去追踪狐狸了。

  浣熊爸爸和浣熊妈妈这才长出了一口气，尽管如此，它们依然警惕地听着远去的猎人和猎狗的动静，为了孩子们，它们哪敢掉以轻心呢？

五

  又是一个晚上，浣熊妈妈正用它的鼻子不停地嗅着风中传来的气息。有时候，风会成为浣熊的好朋友，它会把敌人或者是猎物的气息传到浣熊这边来。浣熊妈妈在树上等了好长时间，确认没有敌情后，才放心地领着全家从树上下来。昨天猎人和猎犬刚经过这里，因此浣熊爸爸和浣熊妈妈不得不更加小心谨慎。

  球球很不喜欢浣熊妈妈过多的管束，它认为妈妈过于胆小怕事。小浣熊们一心盼望着晚上的到来，那时候它们就能到树下觅食了，可是，妈妈只要一听到奇怪的声音，就会变得迟疑不决。

更让球球生气的是，有时候妈妈干脆就不让它们下去了。

这一天，小家伙们来到地面后，本来想和往常一样到河的下游去，可妈妈却带着它们一直往上游走，而且中途都不让它们休息一下，就那样径直地往前走。

它们走到了河流旁边，球球见河水附近有个泥坑，里面有很多小动物在不停地跳跃，这可是一个不错的狩猎场所。可浣熊妈妈却在前面大声地喊它，球球没办法，只好跟上了队伍，可是它却舍不得放弃那些即将到口的美味，刚走了几步就又停了下来，用力一扑，从水里捞出来一只大虾。球球把大虾放在嘴里，连壳带肉吃了个干干净净。不用说，虾的味道一定错不了。

球球吃完大虾后马上又跟上了队伍。走了一会儿，它们突然听到一阵刮大风般的声音，还有像大量的青蛙在水中扑通扑通跳跃的声音。又走了一会儿，它们就来到了一个小河边，刚才听到的那种声音就是从这里发出来的。原来刮大风般的声音和青蛙们跳跃似的声音都是河水撞击岩石时发出来的，水花飞溅，在月光下闪闪发光。

看到这个壮观的景象,小家伙们都有些傻了。浣熊妈妈停下了脚步,眼睛注视着前方。突然,它大叫一声,身上的毛也都跟着竖了起来。浣熊爸爸赶紧跑到了前面。

在它们的前面,有几只跟它们长得差不多大的动物正在水里捉青蛙吃呢。它们也是浣熊,不过是另一个家族的,它们的尾巴上也有黑色的环纹。

它们同时来到了同一个地方觅食,看来,肯定是有一个家族闯进了另外一个家族的领地。为了保住自己的地盘,双方之间不可避免要进行一场大战了。对森林里的动物们来说,守住自己的地盘是非常重要的。

球球的爸爸努力地挺高了身体,使自己看上去更高大一些,并且浑身的毛都竖立起来。两方的小不点儿都跑回了自己的妈妈身边,害怕地注视着眼前的一幕。这时,两个浣熊爸爸都走出了自己家族的队伍,向对方走去。

两只浣熊爸爸都低声怒吼着,气氛显得格外紧张。

它们看起来都很勇敢，两个爸爸肯定都认为自己能够获胜，为了正义而战嘛！它们都把自己看作了正义的一方。

那么，它们到底谁才是正义的一方呢？在动物界，动物们都会在自己的领地留下自己身上的气味作为记号，有了这个记号，其他的家族就不可以到自己的领地来了。现在引起争执的这片领地，球球的家族以前曾在此做过记号，不过做完记号以后，球球的家族就很少光顾了，经过这么长时间，以前留下的气味现在已经变得很淡了。而对方的那个家族，它们发现这个地方的时间虽然没有球球的家族早，但它们家族一直都在这里猎食，所以也在这里留下了气味，而且，它们的气味还特别浓烈。

难怪这两个家族都把这块地盘看作是自己的领地了。看来，只有通过武力才能解决领地的归属权问题。

两只浣熊爸爸都拉开了格斗的架势，先是来回地绕着圈儿跑，随后便猛地向对方冲过去。

它们扭打并撕咬起来；两家的小浣熊都跟在自己妈

妈身边嗷嗷地叫喊，为自己的父亲呐喊助威。

　　双方打了个难分难解，不分胜负。一个回合之后，当它们再次冲向对方的时候，由于用力过猛，同时冲到了河里，"扑通"一声，两只公浣熊都栽进了河里。河水非常冰冷，冰冷到足以让这两位爸爸的头脑冷静下来。于是，等它们分别上岸后，就再也没心思打了。

　　接下来，它们分别回到了自己的家族，两个家族隔开了一段距离，分头找可吃的东西。

　　尽管如此，两只浣熊爸爸偶尔还会低吼一声，因为它们的怒气还没有完全消散呢，或者也可能还都不服气对方呢。不管怎么说，它们最终还是和平共处了。时间一长，它们两家还成了朋友，真是不打不相识啊。

六

　　浣熊爸爸跟另外一只公浣熊格斗的那天，球球成功地抓到了大虾，从这以后，球球就觉得自己能够独立了，不免有点儿得意忘形了。它对妈妈的一些行为越来越看不惯了，也越来越不听妈妈的话了。每当妈妈要带它们去河的下游时，它偏偏要往河的上游走；而当妈妈提醒它不要在石头上留下自己的气味时，它总是不以为然。

这一天，妈妈仍旧带着孩子们到下游去，可球球一想到以前找到虾的那个小水坑，就兴奋得不得了，忍不住要往那个地方去，妈妈使劲地喊它跟上，可它愣是装作没听见。途中，它又在上次捉到虾的地方捉了两条小鱼，吃过小鱼后，球球便一直朝上游走去。

不久，球球就来到了两个家族共有的那块地方，很快，它就闻到了一种相当不妙的气味，这是那种令浣熊妈妈非常恐惧的气味——人的气味。

原来，印第安人皮特刚刚来过这里。他专靠捕获猎物、贩卖动物的毛皮为生。最近，他发现河边的沙地附近到处都是浣熊的脚印，便决定在这里安置一些捕猎工具。

球球正在满不在乎地向前走着，像往常一样，它把前爪放进了水中，并用爪子来回地在泥里搅动着，期望能抓到一些美味。可是,就听"咔嚓"一声,它的一只前爪被什么东西给夹住了,于是它赶紧把前爪从水中拽了出来。原来,夹着它爪子的是一个夹子,皮特布置的一个捕猎工具。

"呜呜呜……"球球大声呼喊起来,这时它多想妈妈快点儿过来帮自己啊。可是妈妈现在正在离自己很远的河下游,怎么可能听到它的求救声呢!球球试了各种办法,却怎么也取不下夹住它前爪的夹子。更可怕的是,夹子的另一端还用一条铁链给固定着,它想跑还跑不了。

整个夜晚,球球都在不断地呼救,不断地低低地哭泣着,到了现在,它才后悔没有听妈妈的话。等到天亮的时候,球球已经筋疲力尽,喉咙沙哑得再也喊不出任何声音了。

当皮特过来看到它的时候,非常吃惊。他本来是想捕猎一些麝香鼠。于是,他把有气无力的小浣熊从铁夹子上取了下来,球球几乎都动弹不了了,就剩下一口气了。

皮特把球球塞进自己衣兜里。在回家的途中,经过比多家门前时,他就让比多的两个孩子看了看他刚捕猎到的小浣熊。

比多的大女儿非常喜欢这只小浣熊,她一直抱着球球不撒手。

球球因为受了一夜的冻,身体缩成了一团,现在有人抱它,给它取暖,它便慢慢地缓过来了。

比多的大女儿央求爸爸把球球从皮特的手里买过来,她爸爸答应了,于是球球便成了比多家的一员。

由于它长得毛茸茸的,特别可爱,所以比多家就给它取名叫"球球"。球球的名字也就是从这时候起被人们叫起来的。

七

从这天开始,球球算是有了一个新家。

经过比多一家的悉心照顾,两三天后,它的身体就恢复得差不多了。比多的家人都把球球看作了他们的家庭成员，对待它就像对待小孩子一样，球球没事就和家里的小孩子们一起玩耍。它的新生活从此拉开了序幕。

从这天开始，球球就再也不吃青蛙和小鱼什么的了，它开始和小孩子们一起吃面包、喝牛奶。比多家里的小猫早就习惯喝牛奶了，但是球球还是习惯性地把前爪伸进装牛奶的杯子里，先把面包泡在牛奶里，然后再从牛奶里把面包捞出来放进嘴里，到最后总是把装牛奶的杯子弄倒，结果牛奶流得满地都是。

在比多家的农场里，有一只叫作鲁伊的大狗。一开始，鲁伊一见球球就会"汪汪汪"地冲它叫嚷，球球非常怕它，鲁伊一叫，球球就会逃得远远的。孩子们怕小球球受大狗的欺负，所以总是避免让它们单独待在一起。可是一段时间之后，这两个仇家就互相熟悉了，鲁伊见小孩子们那么喜欢球球，它也不想自讨没趣了，于是再看到球球的时候也不会像先前那样吠叫了；而球球呢，也越来越喜欢鲁伊了。两个星期之后，它们就成了好朋友，中午睡觉的时候，球球还会把脸贴在鲁伊那长满长毛的柔软的胸前，那感觉甭提多舒服了。

球球长得有点儿像小猫，又有点儿像猴子，当它想捣蛋时，就会不时地扮鬼脸，家里的孩子们总会被它逗得哈哈大笑。

球球逐渐熟悉了这里的生活。因为女孩子们总是从衣兜里掏出好吃的东西丢给球球，所以球球一见她们，就会用爪子蹬着往她们身上爬，翻她们的衣兜里，看有没有什么好吃的。

在农场里，如果连续几个小时见不到球球，那它一定又在搞恶作剧了。

有一天，球球偷偷地溜进了仓房，把爪子逐个儿地伸进架子上的果酱罐里面，它觉得这样很好玩，于是，就用爪子在里面胡乱地搅和着。

它把李子果酱从罐子里抓出来，塞到嘴里吃，吃得脸上、身上还有爪子上都是黏糊糊的李子酱。不仔细看，根本认不出它是什么动物。

球球正在自得其乐之时，比多夫人走进来拿东西，球球便向比多夫人扑了过去，它想的是跟夫人撒撒娇，没想到却挨了夫人的一顿大骂。

还有一次，比多数了数鸡窝里的鸡蛋，一共有十三颗。第二天，全家人都没有见到球球的影子，它又不知道到哪儿捣乱去了。于是，大家喊着它的名字到处找它，因为每次只要听见有人喊它的名字，球球就会回应的。这时，从鸡窝里传来了细微的回应声。大家过去一看，就见球球的肚子鼓鼓的，仰卧在鸡窝里，身边散落着一些鸡蛋壳，原来它把那十三颗鸡蛋全给吃了。

　　看守鸡蛋本来是鲁伊的责任，只要有它在，森林里的狐狸或者是浣熊根本就进不了鸡舍里，可是这次吃掉鸡蛋的偏偏是浣熊球球，鲁伊真不知如何是好，它不知道是应该维护朋友还是应该铁面无私地履行自己的职责，最后，它只好装糊涂走开了。

　　对于球球的捣蛋行为，比多先生一直就有怨气，但是看在孩子们都喜欢它的分上，他也就忍气吞声了。直到后来又发生了一件事。

　　有一天，孩子们都去上学了，大人们也都有事出去了，家里就剩下了球球。它闲来无事，先是在房间里四处转悠，忽然看见写字台上摆放着一个墨水瓶。于是，它爬到了桌子上，晃悠了半天终于拧开了墨水瓶的瓶盖，墨水洒出来了一些，球球习惯性地把自己的两只前爪放进墨水瓶里搅动起来，就像以前在小河边搅动河水一样。

等它搅够了，又发现了一件好玩的事。它把前爪从墨水瓶里拿出来后，正好放到了桌子旁边的纸上，纸上便印出了它的小脚印，球球非常喜欢自己的脚印，于是就到处走动，它的小脚印踩得到处都是。以前它就喜欢在河水里把爪子弄湿，那种感觉非常好。现在，它就不停地把爪子蘸上墨水，再到处踩着玩。

到了后来，它开始用它的小爪子去抓孩子们的课本了，不仅如此，它还盯上了墙上的壁纸、窗帘，甚至女孩子的连衣裙。随后又走进卧室，爬到床上，于是，雪白的床单上也印上了它的脚印。这样一来，家里所有的地方都是它的脚印，看起来就好像有一百只小浣熊刚来参观过一样。

不久，外出的一家人都回来了。他们被眼前看到的一切惊呆了！见球球把他们的屋子弄成了这样，大家都气得大叫起来。比多先生更是怒气冲天。女孩子见自己喜欢的连衣裙都被弄脏了也叫嚷个不停。尤其是比多夫人,她平时就特别爱干净,见自己的床单变成了抹布,气得眼泪都流出来了。

而不懂事的球球根本就不知道自己已经闯了大祸,它甚至还得意地伸出自己的前爪,炫耀般地拿给全家人看呢。

它这次的恶作剧实在是太过分了,盛怒之下,比多决定把球球送走。孩子们虽然喜欢球球,但见自己的书本和衣服都被球球给弄坏了,而且爸爸妈妈那样怒不可遏,所以谁也不敢去阻拦。

比多随即把皮特叫来,让他把球球带走。皮特把球球装进衣兜里。球球不喜欢这个印第安人,它很喜欢比多一家,还有比多的农场和大狗鲁伊。可是它也没有办法。大狗鲁伊见自己的朋友被抓走了,感到迷惑不解,只好盯着皮特走出去的方向,无奈地叫了几声。

八

夏天就要过去了,紧接着,狩猎的季节就要到了。猎人皮特开始了他的训练计划。他新买回来一只猎狗,浑身都是黄色。他想出去捕猎浣熊,而球球恰巧在这时候回到他手中,对皮特来说,时机正好。他打算用球球来训练那只猎狗。

皮特把球球带到马棚里。接着,他把那只用铁链拴着的猎狗也带进了马棚。大黄狗一看见球球,便"汪汪"地大叫起来,朝球球猛扑过去,还把拴在它身上的链子弄得"哗啦哗啦"直响。它的反应令皮特非常满意。

然而球球却吓坏了,它实在搞不明白,为什么同样是人类,比多家的人对它那么亲切,而眼前的这个印第安人却是如此残暴;同样是狗,比多家的鲁伊那么友好,而这只大黄狗却这般地可怕。

接下来,有好几次,大黄狗一见到它就会猛扑过来,

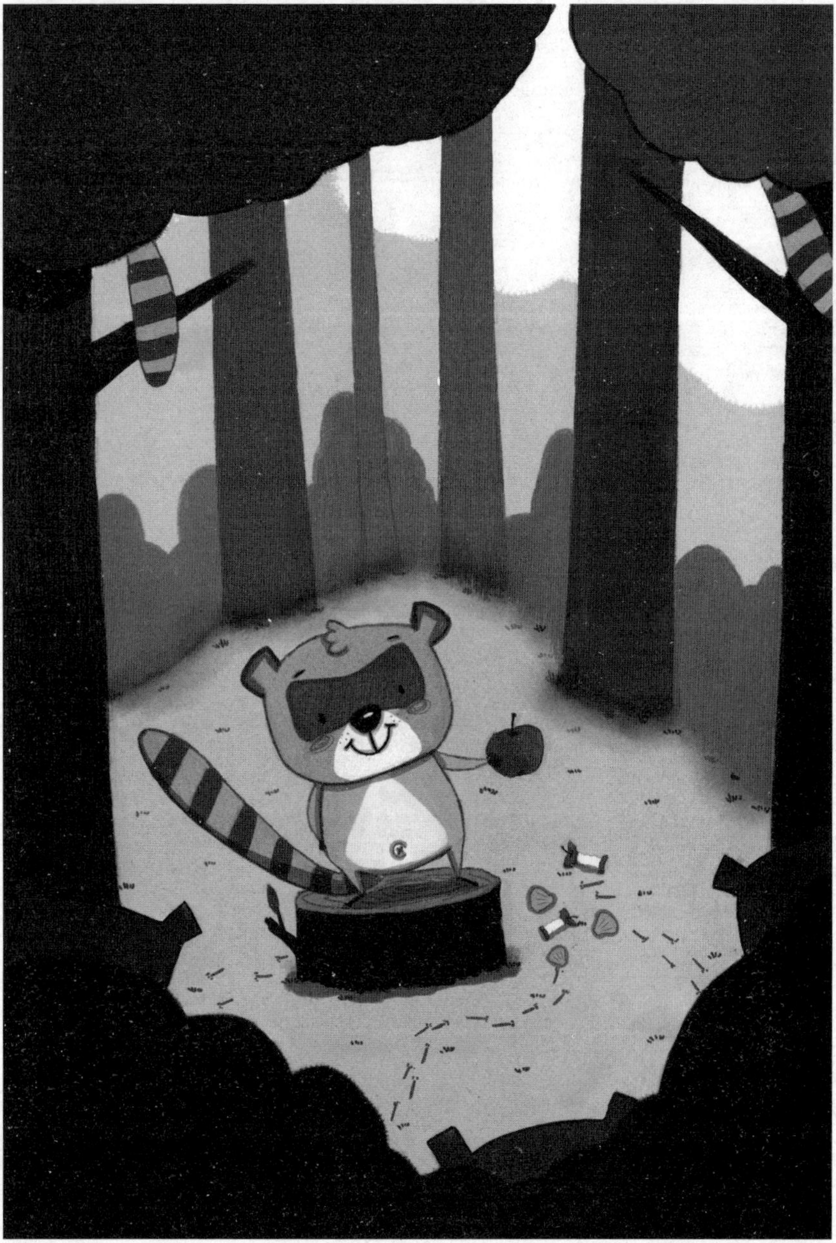

而球球呢，要么躲开，要么就把心一横，迎上去和它战斗。

大黄狗有时候会咬住球球的脖子使劲地甩来甩去，偶尔，球球也会朝大黄狗的腿上咬上一口。球球的脖子很粗，皮也非常厚，所以即使被大黄狗咬上一口，也不会受伤。而大黄狗被咬了腿却疼得嗷嗷直叫。皮特没想到浣熊竟然这么勇敢，于是赶紧把那只黄狗拉到了别处。

由于每次都是皮特牵着大黄狗来的，所以球球慢慢就形成了一种看法，那就是皮特一来准没好事，他会唆使大黄狗攻击自己。皮特利用球球来训练大黄狗的捕猎能力，黄狗就不断地朝着他制定的目标前进。

一天傍晚，天气非常凉爽，皮特把球球装进袋子里，带上猎枪，领着大黄狗来到了森林里。他这次想训练大黄狗追逐球球。他打算先把球球放开，让它先跑出一段距离，然后再放开大黄狗让它去追逐球球。这是一次实地训练，如果不这样训练，猎狗就学不会循着猎物留下的脚印或者是气味抓到猎物，所以这次训练对大黄狗来说很关键。皮特在这方面颇有经验。他一到森林里，就把大黄狗拴在了树上，拴好后，便找了一个狗看不见的地方，解开袋子把球球放了出来。

球球一开始还有些不适应，它还不知道发生什么事呢，它一抬头看见皮特，就对着这个狠心人猛扑了上去。皮特迅速闪到了一边。球球见逃跑的机会来了，便急忙向森林深处跑去。

球球用尽全力向前跑着，它还从来没有这样卖力地跑过呢。这可是最后一次机会了，球球一心想摆脱这个可怕的印第安人，一心想获得自由，于是，它转瞬间便消失在了森林里。

而那只大黄狗呢，见皮特拿回来一个空袋子，就知道球球已经跑远了，它想去追，但身上还拴着绳子呢，干着急也没办法。

皮特想解开大黄狗的绳子，好让它赶紧去追球球。可这只猎狗太急于表现自己了，还没等绳子解开呢，就开始上蹿下跳，搞得皮特无法顺利地解绳子。皮特不得不使劲地勒住拴狗的链子，而大黄狗却越发使劲地拉扯链子，这样一来，他们就耗费了一些时间。

皮特可气坏了，而大黄狗的脾气也好不到哪里去。

折腾了好长时间，皮特才把这只大黄狗喝住，摘下它脖子上的链子，放开了它。

这么一拖延，球球的身影早就不见了。

大黄狗嗅来嗅去，过了一会儿，它终于发现了浣熊的脚印，于是便大声地向主人吼叫了几声，然后顺着浣熊的脚印追了出去。皮特也跟在他后面跑了过去，当大黄狗跑得太快他跟不上的时候，他就把大黄狗叫回来，重新出发。

皮特心中暗想：这回可要完成训练目标了，大黄狗马上就可以找到球球藏身的树木了。然后，我就开枪把球球从树上打下来，大黄狗就会扑上去把它给咬死。这样一来，大黄狗就完全掌握捕猎浣熊的方法了。等它掌握了捕猎浣熊的方法后，我就可以捉到很多只浣熊，这个秋天就会搞到很多皮毛，到时候我再拿到集市上，卖上很高的价钱。真是不错呀⋯⋯皮特越想越得意。不过，事情却没有他想象的那样顺利。

球球此时正在森林里拼命地逃着。刚才皮特没能及时地解开拴在大黄狗脖子上的链子给它创造了逃跑的机会。现在，它听到那只大黄狗还没有追上来，于是便不慌不忙地爬上了一棵带有树洞的高树。由于球球从小就是在树洞中长大的，所以，它练就了快速爬树的本领。

没多久，皮特和猎狗就追上来了。

大黄狗在球球爬上去的高树底下不停地吼叫着，它是在告诉皮特，球球就在这棵树上面。可是皮特却懊恼不已，他抬头向上望去，发现这棵树实在是太高了，自己根本就爬不上去，而他身边就只有猎枪，根本打不进树洞里，要是带着斧头就好了，可是，他出发前根本就没有料到会发生这种情况。

皮特和大黄狗在树底下绕来绕去，转了很长时间，球球就是不出来。看来这只浣熊在他们走之前是不会出来了。眼看天要黑了，皮特终于死心了，他领着大黄狗离开了那棵大树，回家去了。直到这时，球球才算真正安全了。

九

　　球球一直躲在树洞中，即使听到猎人和大黄狗走远了也不敢掉以轻心，它一面休息，一面留意着外面的动静。在树洞里，球球开始想念起故乡的森林与河流了。在那棵大枫树的树洞里，球球无忧无虑地度过了快乐的童年时光，那时有妈妈陪伴在身边，它一点儿都不害怕。

　　妈妈知道怎么避开敌人，还教给它们如何找到好吃的东西，它多想回到那棵大枫树的树洞里去啊！到了深夜，树林里一片漆黑，周围一点儿动静也没有，球球从它藏身的洞穴里慢慢地探出头来，环顾着四周，闻着风中传来的气息，倾听着草丛中的动静。经历了这么多的痛苦，甚至有了差点儿被猎人杀掉的危险经验，球球已经明白了作为野生动物应该注意什么了，知道了哪些东西是对自己有利的，而哪些东西根本就碰不得。痛苦的经历让它学会了谨慎行事。现在，它的举动跟爸爸妈妈一模一样了，它已经完全长大了。

当球球确定周围没有一点儿危险的时候，就从树上轻轻地跳了下来，溜到了地面上，开始在无边无际的森林里拼命地奔跑起来，中途都没有停下来找点儿东西吃，更没有像过去那样没心没肺地玩耍，它只顾在森林里奋力地奔跑。它的目的地是吉尔达河边，那里是它的出生地，是它魂牵梦萦的故乡。那里有它的爸爸妈妈和弟弟妹妹。现在，它正在向它们奔去。

故乡的爸爸妈妈还记得球球吗？在同它们分开的这段时间里，它曾经与人类一起生活过，还和狗交过朋友，最后，它差点儿就被猎人和猎狗杀死了，想起来就像在梦中一样。

球球终于返回了故乡，在故乡的森林里，它终于与它的亲人们重逢了，它们彼此用鼻子嗅着对方，一下子就认出了对方。它和自己的兄弟姐妹们都长大了，形象改变了，但彼此的气味却没有变。

我曾经在比多家见过球球。当然，我也听说了球球逃跑的经过。球球重返吉尔达河畔之后，我曾经想再见见它。为此，我曾经去过几次吉尔达河畔附近的森林和草地，亲切地呼唤过它的名字，但每次都没见到它，也没能听到它的应答声。

此后，我一直没能见到球球，不过，在很多地方，我都发现了它的脚印，脚印的附近还有很多已经没了肉的贝壳，以及一些吃剩的食物残渣，这都证明球球就在附近活动，至少近期内它曾到过这里。

我一直在寻找球球，而且还一再地叮嘱自己，只要球球能够现身，哪怕我是在睡梦中，也一定要见上它一面，但最终还是未能如愿。我觉得，它此生再也不会被猎人的捕猎器给捉到了，也不会惧怕猎狗了，那些猎狗的追逐，对球球来说，不过是一场躲猫猫游戏罢了。

有时，即使是在白天，我也能看到球球那可爱的脚印；而到了夜晚，我还能听到它那可爱的"噜噜噜"的叫声。这些，也许就是球球留给我的，让我感到欣慰的东西吧！即使到了今天，在吉尔达河畔，还有很多浣熊的子孙生活在这里。我想，在这些浣熊里面，应该会有很多球球的后代吧！

春田狐

一

　　暑假的时候，我回到了在春田的家。叔叔对我说："最近出现了一件非常奇怪的事，已经接连有一个多月了，我家的鸡一只接一只地丢失。都说你是动物专家，能不能帮我查出个中缘由来？"

于是，我就马上开始调查这件事。

由于鸡是一只一只被弄走的，而且每次都是在飞上树之前或者是从树上落下来之后，这样看来，偷鸡贼不可能是那些过路人或是邻居；因为也不是在高高的树枝上被逮去的，所以跟树狸和猫头鹰也扯不上关系；同样，因为也没发现吃剩下的鸡骨头，看来也不会是鼬鼠和水貂干的。

数来数去，那责任就非落到狐狸头上不可了。我这样想着，就向着河对岸那片广阔的艾伦达尔大森林走去。

我在河的下游发现了狐狸的脚印，还看到了一根与鸡毛类似的东西。等我爬上前面的堤岸，想再多找些线索的时候，忽然听见背后的一大群乌鸦在大声地呱呱直叫。

我转过身来，看见一只狐狸正站在河滩上，嘴里叼着一只鸡，那些乌鸦正想坐地分一杯羹呢。

当我朝这只狐狸走去的时候，它就慌忙丢下这只半死不活的鸡，逃进了森林里。

我发现鸡还活着，还在喘着气。要把这么大个儿的猎物一只只地叼回去，估计这只狐狸需要抚养一群小狐狸，于是我决定用小狐狸做诱饵来捉住它。

当天晚上，为了找到狐狸的巢穴，我带着自己的猎狗兰格走进了艾伦达尔森林。

正走着，就听见从溪谷那边传来了狐狸的叫声。兰格马上一个纵身向那边蹿了过去，猎狗循着狐狸的叫声跑去，转眼就消失在高冈那边了。

约莫过了一个小时，兰格"呼哧呼哧"地跑了回来，就在我的脚边躺下了。当时正值八月酷暑，狗的身体碰到我的脚时，我就感觉它的身体像火炉一样发烫。

可是兰格刚躺下，在我们的近处又传来了刚才那只狐狸的叫声，于是兰格又一次跃起去追赶那狐狸。兰格的叫声渐渐地远去，到最后竟一点儿都听不见了。过了很长时间，兰格才筋疲力尽地跑回来。

可是就在这时候，我们的身边又响起了狐狸的叫声。

这几个回合下来，我似乎明白了狐狸的叫声是怎么回事了。那个住着小狐狸的地洞应该就在我们身边，那只老狐狸为了保护小狐狸不受伤害，就三番五次地跑过来，想用叫声引诱我们离开这里。

村民们以前就知道有一只老狐狸住在村子附近，大家都管它叫"斯卡费斯"，就是"刀疤脸"的意思。

据说，它的脸上有一条从眼角直通到耳根的大疤痕。这条疤痕大概是它在追赶兔子的时候撞到了铁丝网上留下来的。伤口痊愈后，生出了一绺白毛，成了一道怎么也改变不了的明显标记。

刀疤脸是一只特别狡猾的狐狸，它的狡猾诡诈我已经领教过两次了。

第一次是在草丛里碰到它时，我装作没看见它，狐狸一钻进草丛，我就偷偷地转到了它的对面，在那里等着捉它。

可等了很长时间也不见这只狐狸露面，我就走上前去侦察了一下，从它的脚印上可以看出它在中途跑到了草丛的外面，顺着它的脚印往前一看，刀疤脸正坐在远处朝这边看我呢。而且，它的表情简直就是在说："嘿，傻瓜，我在这儿呢。"

第二次碰到它是在跟一个朋友一起散步的时候。途中有很多大石头，我的朋友说："那块石头看上去挺像一只缩着的狐狸。"我却没看出来。正想从那里走过去，还没走出几步，这时，突然刮起了一阵风，风刮在那块石头上就好像刮在野兽的毛皮上一样。

"那不是块石头，就是一只狐狸。"我的朋友说。

"那咱们就过去确认一下吧！"我边说着边向那堆石头走去。还没走几步，就见那块"石头"突然一跃而起跑了，我定睛一看，正是那只刀疤脸。

当时，令我吃惊的不是刀疤脸会伪装成石头的样子睡觉，其实那倒没什么特别的。特别的是它自己居然也知道，它自己躺在那里，能让人误以为它就是一块石头，我对这一点惊诧不已。不管怎么说，刀疤脸可的的确确算得上是一只特别聪明的狐狸了。

二

在艾伦达尔森林里筑造巢穴的狐狸，正是这只头脑极聪明的公狐狸刀疤脸和它的妻子维克森。

森林里有一座很大的新土包，凭经验推测，这一定是狐狸掘洞的结果。可我们却连一个洞也没有找到。这样看来，狐狸是为了给自己的洞穴打掩护才这么做的。

狐狸在挖掘新洞的时候，会先掘好一个洞，把里面的泥土通通扒出来，再挖一条通向远处灌木丛的坑道，然后再把开始掘好的那个过于显眼的洞口完全封闭起来，只使用掩藏在灌木丛里的那个后来挖的洞口。所以，先前掘出的土虽然像山一样多，但在那儿却根本就找不到洞口。这样一来，敌人光凭新挖的土堆就很难发现它们巢穴的确切位置了。

我很清楚狐狸的这种做法，于是在那土堆的四周又试着侦察了一下，果然就在稍远的地方，发现了一个洞穴入口，侧耳细听，感觉那个洞穴里似乎是有几只小狐狸。

附近生长着一些大树，那些大树自打我孩提时候起就在那里了，有棵大树的树干早已经变成空心的了。我们还曾钻进这棵树的树洞里玩过各种游戏，并且在树洞内壁上凿出一格格的阶梯，在空心树里爬上爬下的。现在，这棵树对我可有用啦。

我跑到那棵树里，蹬着阶梯，从树洞口静静地注视着外面。

过了一会儿，洞里的小狐狸就出来了。一共有四只小狐狸，从那个洞口走出来，在洞口附近玩耍。

它们浑身都毛茸茸的，非常可爱，宛如用布包棉花缝制的布偶。

听到传来一阵轻微的响动后，这四只小狐狸马上逃进了洞里躲起来。但那个声音却是母狐狸维克森回来时所发出来的。

维克森嘴里叼着一只鸡，走近洞口时，它把鸡放在地上并轻轻地叫了一声，那些刚躲进洞里的小家伙就马上从洞里奔了出来，朝着地上的那只鸡扑将过去。那种场面真是非常精彩，一只小狐狸刚想对那只鸡咬上一口，突然，另一只小狐狸横里蹿过来把鸡给拖走了。

四只小狐狸就这样争来抢去，而它们的母亲维克森却一面机警地巡视着四周，一面满心欢喜地瞅着自己的小宝宝们。

　　高冈的半坡上住着一只山鼠，刀疤脸夫妻打算抓住它，用它来对孩子们进行一次捕食活动的教育。

　　山鼠一看见狐狸的身影，立刻就钻到了树桩下面的洞里。这时，狐狸妈妈蹑手蹑脚地靠过去，蹲在了树桩下的阴影里，狐狸爸爸则故意"咚咚"地一直远离洞口而去。

　　过了一会儿，山鼠觉得外面安静下来了，于是探出头来窥探一下外面的动静，它看到狐狸爸爸远远的背影，轻松地吐出一口气。

　　"现在没事啦。"山鼠放松地走出了洞外。说时迟那时快，狐狸妈妈猛地从树桩下蹿出来，飞身向山鼠扑去，可怜的山鼠立刻被抓住了，接着它被狐狸妈妈带到了狐狸的洞穴里。

　　山鼠依然还活着。小狐狸们马上向山鼠围拢过来，可是那只山鼠还试图负隅顽抗，冲向一只小狐狸并狠狠地咬了一口，被山鼠尖利的牙齿咬到了的小狐狸，痛得哇哇直叫。于是，狐狸妈妈跳过来，直接把山鼠给咬死了,四只小狐狸就把这只死山鼠吃掉了。

有一天,狐狸一家来到了附近的草丛里。狐狸妈妈首先让小狐狸在草丛里蹲下来。

"蹲着别动!看着我并照我的样子做。"狐狸妈妈对小狐狸们说。

小狐狸们蹲在旁边眼睛滴溜溜地,一直盯着狐狸妈妈看。

狐狸妈妈尽量用后肢把身子踮得高高的,注视着草丛,突然,它跳起来,并向前方扑了过去。

"吱吱吱……"从狐狸妈妈前肢的脚下传出了田鼠的叫声,母狐狸把这只田鼠用力地一拽,吃掉了,然后对小狐狸们说:"喂!你们各自也照这个样子去做做看。"四只小狐狸一起开始捉起了田鼠。

其中一只小狐狸捉到了田鼠。捉到田鼠的那只小狐狸高兴得不得了,兴奋得直打哆嗦。

接下来学习的是捕捉松鼠。松鼠可是一种行动敏捷的动物,它会飞快地爬到高高的树枝上。母狐狸在抓到它之前,往往会在空地中央平平地一躺,而那只松鼠则在树上大骂:"你这个坏蛋,你这个大坏蛋!"但是母狐狸像断了气似的躺在原地,仍一动不动。

松鼠有着很强的好奇心,看到这种情况,往往会从树上爬下来,悄悄地走近母狐狸,它心里在想:这只狐狸大概是死了吧!母狐狸则会出其不意地一跃而起,抓住靠近的这只松鼠。

就这样,小狐狸们从双亲那里学到了很多可以让它们生存下去的本领。小狐狸们受到的训练归纳起来包括以下几方面:

一、绝对不要在留下自己足迹的地方睡觉。

二、要相信自己的鼻子,鼻子在眼睛的前面,所以首先应该相信它。

三、不要顺着风跑。如果猎物在下风口,就闻不到它的气味了。

四、小河里的流水能治愈多种疾病。

五、尽量隐蔽,除非情况特殊,一定不要暴露自己。

六、能走弯路就走弯路,因为直线行走留下的行踪会很快被敌人追上的。

七、奇怪的东西一定有危险。

八、尘土和水可以消除气味。

九、不在有兔子的树林里逮老鼠,不在养鸡场里逮兔子。

十、避开草地行走。

最后还有一条,也是最重要的一条,为了教会孩子们这关键的一步,母狐狸会在一个深夜里把小狐狸们带到一块野地上,那儿平摊着一堆奇形怪状的黑乎乎的东西。这些小狐狸闻到这种东西发出的气味后,会惊恐万状,并吓得直打哆嗦,浑身的毛也都竖起来。尽管这种气味它们还是第一次闻到,可是对这种气味的恐惧心理,却是这些小狐狸从它们遥远的祖先那儿遗传下来的。

"这是人的气味。"母狐狸说。

三

回到村子里,我对谁都没提起我发现了狐狸老巢的事，因为如果我说出来，那么这些小狐狸就甭想活命了。

叔叔家的鸡仍然在丢失，为此，他针对我的动物知识说了不少难听的话来挖苦我。

为了让他高兴，有一天，我就又带着猎狗兰格到森林里去转悠。

我坐在一个视野很好的山冈上观察四周。兰格去追狐狸了。从我坐着的地方，能清晰地看见远处奔跑的狐狸和狗。狐狸跑进了溪水里可马上又爬上了河岸，并朝我坐着的小山冈上跑了过来；而兰格却在小河边迷失了追踪路线，因为溪水把狐狸的气味给冲没了。

狐狸一直朝我坐着的方向跑来，但它并没有发现我。然后在距离我大概三米的地方坐了下来。由于我是坐在逆风的方向，再加上我一动不动，所以它才没能立刻注意到我。我认出那只狐狸就是素以狡诈而著称的刀疤脸。

刀疤脸把自己隐藏在下面的溪谷里，兴致勃勃地注视着那只东兜西转的猎狗。它大张着嘴，发出"哈哈"的声音，那样子似乎是在嘲笑："啊哈哈哈，上当喽，受骗喽，这只傻狗！"

刀疤脸竟在那个溪谷里隐藏了二十多分钟。在这二十多分钟里,它一直没有注意到不远处我的存在,直到跑回森林里去,它一点儿也没有察觉自己的身后竟有人类这样可怕的敌人。

一会儿,猎狗兰格登上了山冈,也要像狐狸那样从我身边走过去。

"喂!兰格!"听到叫声,兰格吃了一惊,然后向我走了过来,看来被狐狸骗了让它感到很难为情,它闷闷不乐地在我的脚边躺了下来。

从那以后,这种小小的喜剧场面每天都要大同小异地重演一次。可不凑巧的是,从叔叔的屋子可以把这一切都看得清清楚楚。

叔叔家的鸡仍然是每天都要丢一只。最后,叔叔终于再也受不了了:"不行!我要亲自把这只老狐狸干掉。"

于是,叔叔拿着猎枪走上了山冈。

刀疤脸仍和往常一样隐藏在那个溪谷里,它咧嘴笑着。可是"叭"的一声枪响,叔叔打出的子弹正好击中刀疤脸的后背。

公狐狸刀疤脸被打死后，母狐狸维克森就开始忙起来了。之前一有敌情出现，刀疤脸就会把敌人骗到很远的地方，可是现在，刀疤脸死了，所以同敌人作战和抚养年幼的孩子这两件事就同时落在了母狐狸维克森身上。

刀疤脸被打死后，叔叔家的鸡仍然在一如既往地丢失。

"一定是还有其他的狐狸！好吧！我实在无法忍受了，这回我要把山里所有的狐狸都一网打尽。"于是，叔叔在森林各处都设置了有毒的诱饵。

但是，这么做并没有产生任何效果。母狐狸维克森对于下毒这件事了解得很清楚，所以，它对下过毒的食物甚至连看都不会看上一眼。

母狐狸有一次也用嘴叼着搬运过毒饵，但它却不是把毒饵叼到它的孩子们面前，而是把毒饵放在了一只臭鼬鼠的洞口。

之后，那只臭鼬鼠就跟毒饵一起消失了。实际上，很长时间以来臭鼬鼠就一直是狐狸的死对头。

一般来讲，狐狸在回到自己的老巢时，为了避免敌人顺着自己的脚印或气息追踪过来，总是绕道或者是通过渡河的方式来使自己的气味消失掉。但是，母狐狸维克森实在是太忙了，它腾不出时间来做这些事。

有一天，森林里跑来了很多只猎狗，这些狗顺着母狐狸的脚印追踪而来，终于发现了狐狸窝。

母狐狸在听到猎狗的大声吠叫后马上跑了回来，猎狗立刻朝着母狐狸追了过去。母狐狸一直把猎狗引到了很远，然后它想：到这里就行了。于是它就跳到了附近的一只羊的背上，那只羊吓坏了，立刻拔腿跑了起来，过了一会儿母狐狸才从羊背上跳下来。

追赶狐狸的猎狗由于在中途把狐狸的脚印给弄丢了，所以没法再追下去。

母狐狸又回到了自己的老巢，可是已经来不及了，就在猎狗发现狐狸窝大声吠叫时，猎人们也赶到了，他们立刻就弄明白了这里就是狐狸的老窝，而在此时，刚才去追赶母狐狸的猎狗也一只接一只地跑了回来。母狐狸彻底绝望了。

人们开始用铁锹挖掘狐狸的洞。

四

"快看!它们在这儿!"一个挖洞的男人说。

那四只毛茸茸的小狐狸,正在狐狸洞尽头的角落里,拼命地往后退缩着。

我想上前好好看个究竟,但是挖洞的那个男人把铁锹举起来,瞬间就拍死了两只小狐狸,再加上猎狗突然使劲地往前一扑咬,第三只小狐狸一下子也死掉了。

第四只,是那只最小的,因为被我揪住尾巴高高地拎了起来,才没被横冲直撞的猎狗给咬死。

这只被拎起来的小狐狸"咔"地短促地叫了一声。

母狐狸听到这个叫声后迅速地跑到了近处。但由于猎狗的追赶,母狐狸只能在这附近一带逃来逃去。猎人们开始用枪瞄射母狐狸,但因追逐狐狸的猎狗总是挡在中间,所以到最后它也没被射中。

活着的这只小家伙被扔进了一个口袋里，挺安稳地躺在里头。被弄死的那三只小狐狸又被扔回了它们的育儿室里，上面盖上了几铲土。

回家后，就给小狐狸拴上了铁链子，链子的另一头拴在了院子的树上。谁都不想杀死这只小狐狸。也没人能说出单叫它活着的理由来，或许是因为把它的哥哥姐姐们都杀死了，心里有些过意不去吧。

这只小狐狸很小，毛茸茸胖墩墩的，简直就像狐狸和羊的混血儿一样，可爱极了。

每当有人走近时，小狐狸就蜷缩进它的小箱子里去。

我决定回到自己的屋子里，通过窗户观察这只小狐狸。

院子里有很多只鸡。

那天傍晚，拴狐狸的链条响起了"哗啦哗啦"的响声。

我从窗户向外一看，发现有只鸡逃开了，小狐狸又偷偷摸摸地跑回了箱子。于是我才明白铁链子为什么响。原来小狐狸想朝那只鸡猛扑过去，由于链子拴住了它的脖子，所以它又被拽了回来。

到了夜晚，小家伙开始变得焦躁不安起来，它悄悄地从箱子里面爬出来，可是只要有一点儿风吹草动，就又马上溜回去。它使劲拉扯着铁链子，不时用两只前爪捧住铁链子，愤愤地啃咬着。但是有一次，它突然停了下来，好像是在侧耳倾听着什么，接着它又抬起了头，用颤抖的声音急促地叫了一声。

从远处黑暗的森林里，传来了狐狸的叫声，那是母狐狸在回应小狐狸的叫声。

几分钟后，木头堆上出现了一个黑影，小狐狸很吃惊，马上逃进了木箱里，可是它又立刻走了出来——它认出那个黑影是它的妈妈。小狐狸高兴得不得了，飞快地向妈妈奔去。

母狐狸飞快地叼起小家伙就往来时的路上跑，但是，等到链子拉得笔直的时候，小家伙被妈妈的嘴巴狠狠地扯痛了。

这时候，就听见有人打开窗户的声音，维克森吓得又躲到木头堆那边去了。

一个小时以后,我从窗子里偷偷往外瞧,院子里静悄悄的。

可是在仔细观察后就发现:月光下,母狐狸躺卧在小狐狸的身旁,"咔嚓咔嚓"的声音隐隐约约地传过来。

"这是干什么呢?"我想。再仔细一瞧,看到母狐狸正一边给小狐狸喂奶,一边拼命地啃咬着那条无情的铁链子呢。

我走到了外面,母狐狸则一跃而起,闪电般飞快地越过木头堆,远远地消失在黑暗的森林里。

小狐狸的箱子旁边,放着两只刚被弄死的、血淋淋的还有点儿热气的小老鼠。这是想念孩子的狐狸妈妈给小狐狸带来的晚餐。

第二天早晨,我再出去看小狐狸,发现链条上距离小家伙脖子五十厘米的地方,已经变得雪亮了。那应该是昨晚母狐狸给咬出来的。

我进入森林,跑到那天被男人们破坏了的狐狸洞那里,看到洞的旁边并排放着三只小狐狸的尸体。我仔细看了看,才明白是母狐狸维克森把它们掘出来的。

母狐狸掘出了小狐狸们,并把浑身是泥的小狐狸的尸体舔得光溜溜的。看起来，应该是母狐狸想给它已死去的儿女们喂奶。因为在新堆好的泥土上，留下了母狐狸维克森平躺在小狐狸尸体旁，徒劳地想把天然的饮料送给它们吃的痕迹。

在这些死去的小狐狸旁边，还放着两只刚被弄死的鸡，不用说，这两只鸡又是叔叔家的。母狐狸像往常一样，把夜间捕来的东西带到这儿来给孩子们吃。

看到母狐狸在它那已经冷却了的孩子们的身旁留下的躺卧的痕迹，就会明白它曾经历了怎样的悲伤和痛苦。

但是从这一天起，母狐狸维克森就再也不来这个狐狸洞前了。因为它知道：它的孩子们已经死了。

五

被我们捉到的这只小狐狸，是它的兄弟姐妹中最小的一个。现在，别的兄弟姐妹都已经被弄死了，所以，它就成了母狐狸维克森唯一的亲人，它独占了这份疼爱，但是它的妈妈来到院子里看它却是很危险的一件事。为了保护鸡,我们把狗全放了出来。

叔叔吩咐过那些男雇工:"如果看到了母狐狸,马上开枪打死它。"

他也曾这样叮嘱过我,可是我觉得母狐狸很可怜,所以私下里决定即便是看见了它,也装作没看见。

叔叔想方设法要把母狐狸给捉住,他还在周围放了一些有毒的诱饵。狗不吃鸡头,但是狐狸却吃,所以叔叔在鸡头上下了毒,散放在四处。

可是母狐狸对这些东西连看都不看上一眼。它还趁猎狗不在跟前的间隙,继续猎杀母鸡,叼到被铁链拴着的小狐狸跟前让它吃,或者偷偷地跑过来给它喂奶。

虽然小狐狸并没有发出抱怨的叫声,但母狐狸仍然一次又一次地来到小狐狸的身边。第二天晚上,我又听见链条在嚓嚓作响。我从窗户里面偷偷往外瞧,发现母狐狸又来了,它正在小狐狸的窝边使劲地掘坑呢。拴着小狐狸的铁链子,有一部分长长地拖在地上,坑掘好以后,维克森就把这松垂的部分通通都推进挖好的坑里,然后，再用土把坑填起来。这样，铁链子中间一段就被埋得看不见了。

"啊！这回好啦！链子没有啦。"

母狐狸大概是这么认为的，它立刻叼起小狐狸的脖子，跑起来。可是在中途小狐狸又被铁链子"咔嚓"地拽了一下，霎时小狐狸从母亲的嘴里掉到了地上。

被链子猛地勒了一下，掉在地上的小家伙很可怜，它竟伤心地哭了，又爬回了它的小箱子。

半个钟头过后，传来一阵猎狗的狂吠声。接着，这种叫声穿过森林，且越来越远了。

我想："看来那些猎狗又在追逐维克森了。"

从猎狗的叫声中判断，它们一直往北，朝铁路的方向奔去，后来渐渐就听不到了。

出去追赶维克森的有猎狗兰格。可是直到第二天早晨，兰格也没能回来，我们隐约猜到了在兰格身上可能发生的事情。

狐狸家族在很久以前就熟知利用铁路同猎狗作战的办法，而且这样的办法有很多种。

第一种办法就是如通过河流一样，让自己的气味消失掉，以便让追逐的敌人失去追踪方向。狐狸会先沿着铁轨跑上一大段路。由于铁的味道比它自己留下的气味更浓一些，这样一来它的脚印气味就不再那么突出了，再加上火车轰轰地从上面开过，狐狸的气味就完全被消除了。

还有一个更高明的办法：让火车把从后面追赶过来的猎狗碾死，这种办法做起来会有一定的难度，不过要像下面这样做的话，就更有把握一些。那就是在火车开来时稍提前一点儿，先把猎狗引到铁路线上，然后把猎狗一直带到高架桥上，因为高架桥上没有躲闪的地方，所以经过那里的火车开过来，猎狗一定会被追上它们的火车头碾得粉碎。

昨天晚上，维克森就巧妙地施展了这种鬼手段。我不幸地在铁路桥下面发现了兰格那被火车撞碎的血肉模糊的尸体翻躺在地上。

母狐狸维克森开始了对猎狗的报复！

六

那天晚上，母狐狸维克森把兰格弄死之后，又跑回到小狐狸的身边。比另一只追出去的猎狗斯普特回来得还要早，而且，它还做了一件事：它又弄死了一只鸡放到了小狐狸的身边。

维克森一边喘着气一边伸直了身子躺在小狐狸的旁边，给孩子喂奶。在它看来，小狐狸现在应该是喉咙又渴、肚子又饿吧！所以它不顾生命危险地给小狐狸送来饮食。

如果每天晚上维克森到小狐狸身边来，只给它喂奶或者是只给它带来一两只老鼠，或许人们也就不会想到母狐狸夜里曾经来过。但是维克森这次给小狐狸带来的，仍然是我叔叔家的鸡。这样，它每晚到院子里来的事终于被叔叔知道了。

"必须尽快把母狐狸干掉！"叔叔生气地说。

我却从心底里佩服母狐狸维克森的伟大。我不禁同情起这对狐狸母子来了，所以，尽管被告知"要干掉母狐狸"，但我并不想那么做。

由于我没有带回来什么好消息，叔叔说："我不再指望你了，我自己来干掉它。"

于是，在第二天夜里，他就自己到院子里去看守了。叔叔抱着枪，等了一个多钟头，后来天气渐渐冷下来，月亮也钻到了云层里，周围越发地暗了。看来叔叔讨厌这种等待了，于是他叫来帕迪："喂，帕迪，你来给我看着吧！"然后，他就自己离开不知去了哪里。

帕迪做起了看守工作，但是他也只坚持了一个小时左右，就变得焦虑不安起来。

突然，传来"砰！砰！"两声枪响——

帕迪打中了母狐狸维克森了吗？实际上完全不是那么回事，帕迪也厌烦了这种等待，他只放了两声空枪，就决定回去了。

在这之后，维克森又安全地来到了小狐狸的身边。到了第二天早晨我们才知道此事，因为，它又猎杀了一

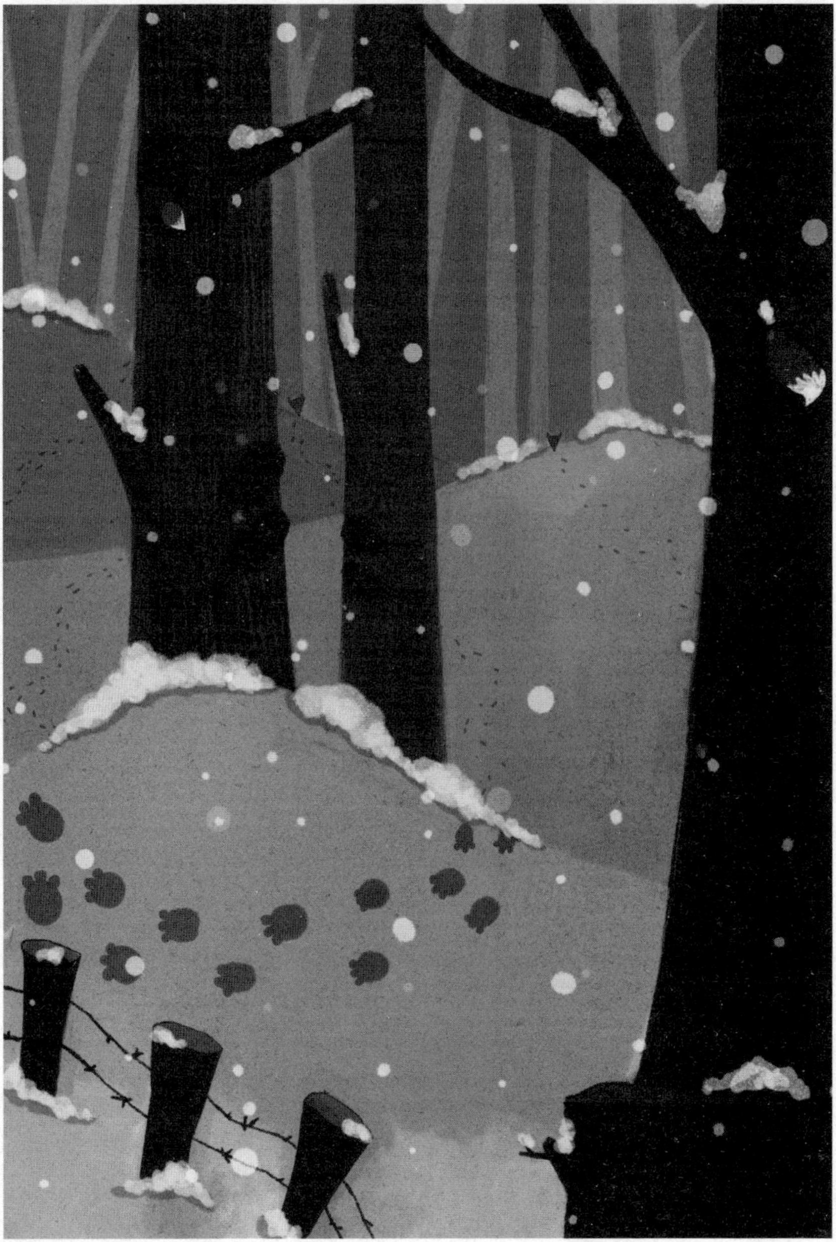

只鸡。

"好哇！我就在今晚把它给干掉！"

叔叔说了这么一句话，到了夜晚，他就又走出去看守了。

天黑不久，我们听到了"砰"的一声枪响，是维克森又给小狐狸送来吃的了。可是，它只把带着的东西往地上一扔，撒腿就跑掉了。

过了不久，它又试着来了一次，引起了"砰"的又一声枪响。但是这次，母狐狸还是没被击中，又顺利地逃走了。

"经过这两次，它应该不会再来了吧！"叔叔就回到屋子里睡觉去了，我们也都想，母狐狸有两次都差点儿被干掉了，所以它应该不会再来了。

到了第三天清晨我们出去一看，小狐狸脖子上套着的那条铁链又被磨得亮堂堂的，这表明母狐狸昨天夜里还是再次来了。母狐狸无论如何也要让它的孩子获得自由，所以，它竟又返回来并花了几个钟头的时间，想啃断那根可恨的镣铐。

第三天夜里,拴着小狐狸的那个院子已经看不到人影了。大家都认为,母狐狸每次来都被枪声惊走了,所以以后它大概不会再来了。

就这样,到了第四天夜里,看见小狐狸遭遇的就只有我一个人了。

过了不长时间,小家伙就颤声地哀叫起来。母狐狸果真能来吗?我向维克森经常冒出来的那个木头堆上望去。

黑黑的木头堆恢复了以往的宁静。小狐狸眼望着木头堆那面,它似乎是在想:妈妈一定会来的。可我却认为它的妈妈大概不会再来了,不管怎么说,光是猎枪就够它害怕一阵子的了。

拴小狐狸的铁链又响了起来,突然,我往木头堆上一看,那上面又现出了一个黑影!是母狐狸维克森。

啊!果然是真正的母爱,维克森把自己的生死置之度外,又冒着生命危险来救小狐狸了!

但不知为什么,却没见它给它的孩子带有什么家禽或其他食物。难道说维克森今晚没捕到猎物吗?要么是它没给小狐狸找到食物？或者，它发觉了我们给小狐狸喂过食物，所以不用再管小狐狸的吃食了？这时，只见母狐狸从木头堆上像影子一样跳到了地上，它径直来到了小狐狸的身边。它嘴里叼着的一样不知是什么小东西"噗"的一声掉了下来。随后，母狐狸的身影又立刻消失在夜色里了。

小狐狸撕咬着妈妈送来的东西并开始大嚼起来，"吧嗒吧嗒、吧嗒吧嗒……"看上去似乎很好吃，小狐狸又舔、又啜、又嚼，吃得津津有味。

突然，小狐狸痛苦地叫了起来："嘎……"

铁链子开始"哗啦哗啦……"巨响了起来，一会儿，小狐狸栽倒在地上，并且，看上去很痛苦地在地上打着滚儿。紧接着，小家伙浑身颤抖，挣扎了一阵子，就躺在地上一动不动了。

看到这个场景，我感到很震惊，便飞快地跑到了院子里。

但是，已经来不及了，小狐狸已经死了。

我检查了一下它吃过的东西，明白了小狐狸是怎死的：它吃了有毒的食物。

母狐狸为了把它的孩子救出来，使用了所有的办法，即使自己有可能会被捉住弄死。可是最后它终于明白了"无论如何去做都不可能救出自己的孩子"时，为了能让它的孩子获得自由，母狐狸不得已使用了最后的办法——给小狐狸吃有毒的食物，把它从这个世界上长期的痛苦中解救出来。

自那以后，母狐狸维克森再也没到叔叔家的院子里来过。

不久，冬天就来临了。

大地重新铺上了皑皑的白雪。雪地上面会印下很多动物的脚印。所以一到冬天，人们就会知道森林和原野都有什么样的动物了。

我又去了艾伦达尔森林，想看看那只母狐狸维克森是否还生活在这片森林里。但在森林里各处都没有再发现它的脚印。

没有人知道维克森究竟到哪儿去了。

在艾伦达尔大森林里，维克森被夺去了丈夫，孩子也被弄死了。这悲伤的记忆，大概会让维克森远远离开，到一个遥远的地方去了吧。

这个遥远的地方——并不是指这个现实的世界。或许有很多野生动物，为了离开这让它们充满悲伤的世界，而去了另一个无法再返回的世界。也许，维克森在毒死了小狐狸以后，也用同样的办法离开了这个让她悲伤的世界。

野马飞毛腿

一

美国西部牧人乔结束了牧场的工作,一回到家就把马鞍子卸下来扔在了地上,然后走进了小屋。

"到吃饭时间了吗?"他对着屋子里问道。

"再等十七分钟吧!"专管做饭的厨子回答道。这话听起来就像是从专管火车发车时间的人嘴里说出来的那样,不过,他可不一定准时。

在等待的时间里,乔同在小屋里的朋友们说起了自己今天的见闻:"今天,我看到了一群野马在羚羊泉边喝水。有一匹黑色的小马可真是漂亮极了,天生一副飞毛腿。我想追它,可它跑得太快了,我根本追不上。它一直跑在马群的前头,而且自始至终都是同一个速度。"

乔所说的飞毛腿,是指马的一种奔跑方式,奔跑时马的左右腿同时并进,前后腿也一同移动,这是一种极为出色的奔跑方式。听到这儿,乔的伙伴史卡斯立刻用怀疑的声调问道:"你不会是带酒去的吧?"

刚说到这儿,厨子就扯着嗓子叫了起来:"开饭啦!"

谈话也就到此结束了。

第二天,牛群被赶到别处去了,男人们也就把乔提过的小野马的事给忘了。

美国的大平原上生活着一群野马,以前人们曾经驯养过它们,不过,后来它们又野生化了。它们之后的几代都在大自然中自由自在地生活,所以这些曾经被驯养过的野马的后代也变成彻头彻尾的野生马了。

就在乔提过那匹黑色的小野马之后,又过了一年,牧人们再次把家畜赶回了新墨西哥州的同一片牧场。乔说的那匹小黑马现在已经一岁了,它看上去非常出众,它那细长的腿和独特的奔跑姿势引起了人们的注意。这次,因为有好几个牧人都看到了它,所以他们都相信了乔一年以前说的话。

乔当时也在这片牧场,见这匹黑马出落得如此出色,不由得打起小算盘:要是把它弄到手那可值不少钱哪!当时,有这种想法的就他一个,其他的人可没有这种奢望。为什么呢?因为野生马跟野兽没什么两样,就算是把它们弄到手了,也驯服不了,所以一点儿用处也没有。在美国西部大开发期间,人类不能驯服的马,是毫无价值的。而且,野马不光吃家畜的草料,还时常把家养的驯马给拐走,已经驯服的马一旦习惯了野马的生活,就再也不可能被找回来了。

牧场主人当然不能容忍自己驯养的马被野生马给拐跑。为了以防万一,有人甚至在看到了那些野生马后,就开枪向它们射击。

乔不过是一个牧人，有着固定的工作时间和月薪二十五美金的固定工资。一头老母牛就是他唯一的财产，那头母牛身上印着一个四边形金属丝的烙印。

烙印就是在家畜身上用烙铁印上主人的记号，每头家畜身上烙印的形状都在镇公所登记过，所以如果你想知道某头家畜的主人是谁，看看它身上的烙印就清楚了。

印有乔的烙印记号的家畜目前也就只有这头牛。不过，乔却有一个很大的梦想，他想拥有一个属于自己的牧场，拥有很多印着自己烙印的家畜，并且雇用几个牧人。

可是，每年秋天，乔一领到工资，就会同牧人们一起进城去享受一番，直玩到一分钱不剩才罢休。鉴于此，他的梦想是难以实现的。因为一有了钱，他就抵制不住诱惑，瞬间就把梦想抛诸脑后了。所以，乔的财产一直就只是一副马鞍、一张床和一头老母牛了。

即便如此，乔还总想干一番大事出来，总想发一笔横财。西部的开拓地法律规定，对于那些尚未打上烙印的牲畜来说，谁给它打上烙印，它的归属权就是谁的。由于野生马不属于谁，所以它身上自然也就没有烙印可言。

乔觉得自己找到了实现梦想的机会。

他想抓住那匹黑色的飞毛腿，给它印上自己的标记，借此捞上一笔。野马在西部的开拓地不值几个钱，但要是把它带到东部的都市去，就会卖上一个高价。

逮住野生马可绝非易事。乔对此非常清楚，因为他对野马是再熟悉不过了。在野生马中，白色的脾气相当不好；栗色的简直就是个神经质，人根本难以靠近；褐色的要是能被驯服了，倒是很听话；黑色的最不好驯了，顽固得像颗钉子，就像是有魔鬼附体一样。要是给一匹黑色的野马安上爪子，那连狮子也打不过它。

按一般人的说法，野马就是个废物，一钱不值；而黑色的野马还要糟糕十倍，所以把这样的马弄到手，除非人们都疯了，否则人们连考虑都不会考虑。

可乔现在却想把那匹黑色的小野马弄到手。这件事一传开,他的朋友们都觉得莫名其妙:"乔这家伙,不会有什么毛病吧!"

可乔却是认真的。

不过这一年,他一直没有找到尝试的机会。

二

乔一眼相中的那匹黑色的飞毛腿小马就生活在羚羊泉附近。羚羊泉位于大草原的中心地带,附近只有这一处的水很干净,所以这里自然就成了野马和家畜饮水的地方。

这个草原上散养着很多家畜,这些家畜大都是一个叫福斯特的人的财产。

与乔一样,福斯特也有自己的梦想。不过,他的梦想是养一些出色的混血种雌马,这些马要又高又大,四脚细长,眼睛像鹿一样灵活,而且他已经在一点儿一点儿地实施自己的计划了,现在,福斯特已经拥有了十匹这种极漂亮的雌马了。

十四雌马里只有一匹被留在了马棚里听候主人使唤，另外九匹都被带到了平原上。

等这九匹小雌马断了奶，福斯特就把它们都放逐出去，因为这些马已经驯化好了，什么时候想叫它们回来，只要出去一召集就行了。

那年夏天快过去的时候，福斯特出去召集那些在草原上的雌马，那九匹雌马都在羚羊泉附近。

福斯特和朋友们靠近了一看，发现除了那九匹雌马外，还有一匹黑色的雄野马混杂在它们中间。看它那神气活现的样子，它同它们的关系还不一般哪。见有人靠近，这匹黑色的雄马就在那些雌马的旁边跳来跳去，就像是在保护这些雌马呢。

福斯特的那些雌马本来都非常温顺，它们早就习惯了让人们靠近，如果不是这匹黑马，福斯特很顺利地就能把它们赶回从前的马棚里。可是现在，这匹黑马却经验十足地把马群领走了，带到了它想让它们去的地方。

两个男人慌忙在后面追赶，可是这个由黑马和雌马组成的马群渐渐地就把他们甩在了后面，越跑越远了。

这件事太让人生气了！两人忍无可忍，最后都从马鞍子上掏出了枪。

"是你逼我的，现在我就把你给干掉！"他们边说边向黑马追去。

等他们追上了马群，就把枪握在了手里，可是他们却不敢开枪，因为那匹黑马总是来回晃动着奔跑，万一开枪，打死雌马的可能性可比打死黑马的可能性要大上几倍。结果，两个人什么都没干成，一整大就这样跟着马群东奔西跑地过去了。

飞毛腿自始至终把马群赶在一块儿，福斯特和他的朋友始终找不着机会。后来，它们在南面的沙丘处不见了。

一八九三年十二月，我赶着运货马车从牧场出发，准备到加拿大河去。之前，我一点儿都不知道那块土地上发生的事。临走之时，福斯特叮嘱我说："要是有了开枪的机会，你可千万要记得把那匹该死的野马给我干掉。"

这是我第一次听人说起它，所以，出门之后，我就跟向导询问了有关黑马的一切。前面发生的故事，就是我的向导柏恩斯一路上讲给我听的。

听完这个故事，我萌生了一个想法：无论如何一定要看看那匹黑马。可是第二天，当我们兴冲冲来到羚羊泉的时候，却连飞毛腿和马群的影子都没看见，真有点儿扫兴。到了第三天，前面带路的柏恩斯忽然将身子伏在了马脖子上，然后回过头冲坐在马车上的我直挥手："赶紧拿出枪来，飞毛腿来啦。"

我把枪握在了手中，急匆匆地驱车前进，朝草原的边缘去。下面的洼地里有一群马，浑身漆黑的飞毛腿正好站在马群的边上，现在它可能已经听见了我们的声音，头部和尾部都翘得老高。

多么漂亮的一匹马啊！它身姿优美，我迄今为止见过的世上最出色的马也不过如此了。

这么美好的生命，顷刻间就在我的枪下变成一具尸体，我简直无法想象。"快点儿开枪！"柏恩斯又在催我。不过，我故意拖拖拉拉，没有搭理他，只是敞开了车篷。

他一向是个急性子,见我这个样子,就骂了起来:"你慢吞吞地到底想干什么?快把枪给我!"然后,他就想从我手里把枪夺过去,我赶紧把枪口向上一抬,枪就出其不意地走火了。

远处的马群吓了一跳,马上分散开来。飞毛腿嘶叫了一声,然后在雌马的四周跑了一圈,把它们重新聚到一起。然后,一阵"嗒嗒"的蹄声响起,马群就这样在漫天的尘土中逃走了。

柏恩斯对着我破口大骂,对我的枪和那匹黑马也骂了一些难以入耳的话,不过我一点儿都不在乎,眼睛一直紧盯着那匹黑色的飞毛腿。它真是太出色了,我不由得对它那风一般的速度着了迷,一直目送着它们消失在了天际。

三

到目前为止,已经有好几个人看到过飞毛腿了。可是却没有一个人敢说他见过飞毛腿用最快的速度奔跑。

"可是，我只是看到了它以平常的速度奔跑。如果它真跑起来，那一定会很快吧！"

"不管怎么说，它能够连续不断地奔跑几个小时，而且不管有多累，它奔跑起来那四个蹄子从来没有错乱过。"

这些话都是关于那匹黑色飞毛腿的速度和奔跑气派方面的，总之，人们讲了许多它的奇异故事。

有一回，大家又像往常一样谈论起飞毛腿，这时，老蒙哥马利突然语出惊人地说道："哎，各位，你们刚才说的那匹飞毛腿的事如果确实可信，有没有人能把它捉住？要是捉住了，又没有弄伤它，那就请用火车把它给我运过来，我赏给他一千块现金。"

话一说完，就有十几个年轻的牧人探过身子询问："您说的当真吗，老头儿？"

"当然是真的了。"老蒙哥马利回答。

"好啊！等我把手里的活儿干完，就去逮那匹飞毛腿去。"

"好吧！我也去，现在我手头也有活儿，干完后我就马上去。"

就这样，牧人们这回下了决心，决定要逮住那匹飞毛腿，得到那笔赏金。

乔感到有压力了。因为即使没有那一千元的奖金，他也打算把飞毛腿搞到手。所以，一听说大家为了那笔奖金要去逮飞毛腿，他就再也坐不住了。

"没想到事情发展到了这个地步，我现在马上就得下手了！"

乔这回是下定了决心，丢下了自己的工作。他整夜没睡，准备了一些必要的装备。

捉野马的办法有好几个。有一种可行办法被称为"拖垮"，意思就是几个人骑马交替地追赶野马，把野马赶累了，拖垮了，然后再动手捉它。

为此，乔是赊了又赊、借了又借，拼拼凑凑，终于组成了一支远征队。他搞到了二十匹好马、一辆伙食车，以及足够三个人吃两个星期的食物。这三个人包括他自己、伙伴查理，以及厨子汤姆老头儿。

临出发前，乔一再地对大家宣称："我们一定能捉到那匹黑野马飞毛腿的。"

他这样大肆宣扬可能是出于这样的考虑：这么四处张扬，别人就不会再去逮飞毛腿了，我的狩猎也就不会受其他人干扰了。

第三天，三个人到达了羚羊泉。将近中午的时候，正如他们早先预料的那样，飞毛腿带着它的马群跑来喝水了。乔一直躲在远处，等这群野马一个个都喝饱水了他才跑出来，因为肚子里装满水时跑起来总比空腹时要慢。

这时候，乔才骑上马开始追赶起飞毛腿，可是，没想到飞毛腿带着它的马群转瞬间就消失在了平原那边。乔在后面飞快地追了一阵，直到又重新看到了它们，这才回到扎营的地方，通知和他一起赶马的厨子："汤姆大叔，你能不能把马车给我赶到亚拉摩萨河那边去？"

接下来，他又一次对飞毛腿展开了追击。

乔终于又看见了野马群。他悄悄地骑着马走过去，可是这些野马一见他过来，又吓得兜着圈子朝南逃走了。

乔并没有跟在后面追，而是抄了一条近路，一小时后来到了马群应该到的地方。他又看见了它们，于是又悄悄地走上前去，可是还没等靠近，又把它们给吓跑了。

就这样，他东奔西跑地赶了一下午。

野马群在草原上跑了一大圈，到太阳快落山时，它们已经离亚拉摩萨河不远了。一切正如乔所料。

这时，乔又追上了野马群，再把这些马吓跑了之后，他就回到了大车那儿，让悠闲了一天的伙伴查理骑上一匹新马继续追赶它们。

而乔和老汤姆则坐着马车按原计划赶到了亚拉摩萨河，然后在那里安营扎寨。

查理一直在追赶马群，直到天黑下来。

这些野马也跑累了，见追赶的人并没有攻击它们，所以也就对人们放松了警惕，不像先前那样跑得远远的了。

黑夜终于到来了，马群的身影渐渐隐没在了草丛里。查理这才从马上跳下来，卸下马鞍，把马拴好，往毛毯里一钻，很快就睡着了。

第二天一大早,天刚蒙蒙亮,他就又骑上马,再次追起了飞毛腿。

接近中午的时候,他们来到了古老的帕发罗观望台。乔正在这里守望着,他点燃了一股细长的烟火,向查理发出了信号:"赶紧回帐篷里休息吧!"于是,查理马上拿出一面小镜子,向乔这边反射太阳光,算是回答:"我知道了。"

接着,乔从观望台上跑下来,骑上了一匹经过充分休息的马,接替查理,继续追赶那群以飞毛腿为首的野马。

四

接下来的一整天,乔都在追赶野马群。他想法逼着马群绕大弯跑,而他们的大车却一直在抄近路。

太阳落山时,乔到达了贝尔德渡口。查理已经准备好了马匹和吃的东西在那儿等他了。乔换了新的马匹,吃了一些东西，接着追赶飞毛腿。

太阳落山之后，乔又追了很长时间。

就这样不间断地追赶，马群已经相当疲劳了。

它们现在连吃草的时间都没有了，再说那片地方也没有好草可吃。更重要的是，它们明显地变得紧张不安了，这种情绪非常轻微但却延续不断，这大大破坏了它们的胃口，它们现在只想喝水。

乔也知道这群野马一定很渴了，于是就停止了追赶，让马群去大喝一顿。

马喝了大量水后会变得四肢僵硬，奔跑速度就会降低。乔小心地看管着自己所骑的马，不让它喝得太多，并喂给它草料吃，所以，当他和他的马停止追赶，停下来过夜的时候，他们仍然是精神抖擞的，而那些野马则早已疲累不堪。

天一亮，乔立刻就又追赶起野马来。野马群一开始跑得还挺快，可是没跑多远，那些雌马便放慢了脚步开始走起来了。看来这场比赛乔是胜利在望了。

整整一上午，马群都没跑出乔的视线，他们已经离得很近了。十点钟左右，查理在约斯峰附近和他换了班。到了晚上，查理又换了一匹新马，继续追赶野马。

第二天，马群里那些雌马在走路时，脑袋都耷拉下来了，看来，乔他们的胜利已近在咫尺了。

第四天和第五天又过去了，马群就这样被追赶着，不知不觉地又回到了羚羊泉附近。到目前为止，一切都是按照预想的那样进行的。

野马群回到原来的出发点时，几乎是筋疲力尽了。不过，马群里却有一头马看上去丝毫没有疲倦，它就是那匹黑色的飞毛腿。

查理他们都非常担心，他们怕乔会因为不耐烦而一枪把飞毛腿打死。不过，乔却没有他们想象的那样沉不住气，他还想得到那笔数额巨大的奖金呢。即使没有奖金，他也要捉住飞毛腿。现在，他已经把飞毛腿看作自己的了，眼看着那些雌马真的是累垮了，乔认为逮住飞毛腿的最后时机终于到了。

这场追猎该结束了。乔这回挑了自己那匹最优秀的马。那可是一匹有着"莱特福特（快腿）"称谓的马，正如它的名字那样，无论是奔跑速度还是身体状态都是非常出色的。

乔骑在马上，把套索整齐地绕在自己手上，紧接着便催它的坐骑加速。

自从追猎飞毛腿以来，乔可是第一次让它的马加速，现在，他正以最快的速度向飞毛腿追去。

在距离飞毛腿四百米左右时，乔径直朝飞毛腿冲了过去。雌马群立刻被冲散到了两边。乔的坐骑使足了全力，笔直地穿过了空旷的平原，一直向飞毛腿冲去。

在好几天以前乔就一直在追它。可这匹马的最快速度是多少，他却还一次也没见识过。这回，飞毛腿终于开始以最快的速度奔跑了。

乔在后面拼命地追赶着。飞毛腿奔跑在一望无际的平原上，乔的马在后面紧追不放。

乔不停地给"莱特福特"鼓劲儿，可是飞毛腿总和乔保持着一定的距离，迈开它那出色的四蹄继续向前奔跑。

这大大出乎乔的意料了。乔大声地吆喝，催促他的马加速,"莱特福特"现在已经快得像是在天空中飞行一样了。但不管怎么提速,它跟飞毛腿之间总是保持着固定的距离,一寸都没能缩短。

这时,飞毛腿已风驰电掣般穿过了平原,接下来又越过了一座草坡,再跑过一片松软的沙地后,它奔上一块有着土拨鼠叫声的草地,然后,跑下坡去就消失不见了。

乔赶到了飞毛腿消失的地方,看着眼前的一切,他简直没法相信自己的眼睛。现在,他同飞毛腿的距离越来越远了。

乔都快急疯了,他发疯般地策马飞奔,他屁股底下的马被他逼得又紧张又惊慌,眼珠子直打转儿,脑袋也发疯般地从一侧摆到另一侧,都慌不择路了。

很快,他的马就一脚踏空了,踩在了一个獾子洞里,倒了下去,乔也从马上摔到了地面。虽然摔得很重,他还是硬撑着站了起来,想骑到马上去。

但是,这匹马却已经不能再动了……原来,它的前腿已经摔断了。乔实在没有别的办法,为了避免马再受痛苦,他只好松开马肚带,一枪把马打死了。然后,他把马鞍带回了宿营地。

乔这次彻头彻尾地输了,但他却并不死心;相反,他还在心底暗暗发誓:我一定会把它给逮住的,等着吧!

五

在这次的追逐中,那个烧饭的老头儿汤姆原本对飞毛腿没有什么特别的兴趣。所以乔一开始邀请他来逮野马的时候,他还有点儿不情愿。可是,但凡看过飞毛腿一眼的人,没有一个不为它着迷的。老汤姆现在也改变了心意,他和乔一样,也想把飞毛腿据为己有。

当时,有一个叫比利的牧人来到汤姆工作的牧场,打算同他一道工作。

一天,大家在吃东西时,比利聊起了飞毛腿:"我今天可瞧见飞毛腿啦,并且还离它那么近。"

"你说的那么近到底有多远呢?"另一个牧人问道。

"非常非常近了，近到我都可以把它尾巴上的毛编起来，它就近在我眼前。"

"怎么，你没开枪打它？"

"没有，不过，我差点儿就开了枪。"

这时，另一个牧人说道："开枪打死它？你千万不要起这种混账念头。我看用不了几天，我就会逮住那个家伙的。"

听了这话，又有一个牧人说道："你想抓它可得快点儿，不然你就会看到我给它印上去的烙印。我说比利，你到底是在哪儿碰上它的？"

比利嘴里塞满了面包，口齿不清地说开了……

那天，比利骑马走过羚羊泉旁边的平地时，发现草丛的干泥地上有一堆黑东西。他想，以前这块地方什么都没有啊，看来可能是一头牛什么的，于是他就走上前去，就见一匹黑马躺倒在那里。哎呀，它是不是死了？可奇怪的是它身上并没有腐臭的气味。后来，它抽动了一下耳朵，比利这才明白，原来它正躺在那儿睡大觉呢。

于是，比利马上去找绳子，可是，找到的绳子都太旧了，好多地方都快断了。没办法，他只好放弃。不过，他还是想见识一下飞毛腿到底有多神。于是，比利把绳子的一端猛地往马鞍上一抽，飞毛腿一下子就跳了起来。

"哎呀，那可真不得了，飞毛腿一蹦蹦了有两米高。等落到地上时，它的四条腿已经站得稳稳当当的了。它喷着响鼻，就像蒸汽机车一样，还没等比利反应过来，它就朝加利福尼亚方向一溜烟儿跑开了。看它那架势，恐怕现在已经到加利福尼亚了吧！"

听完这些话，老汤姆一句话也没说，他一直在想心事。

现在，老汤姆有了个全新的计划。但是，凭他一个人的力量，这个计划根本无法实施，于是，他把比利找来商量："我猜飞毛腿现在能值五千元钱了，我们俩合作一起去把它逮回来如何？"

"好是好，可是我们用什么办法才能逮住它呢？"比利说。

"用陷阱。"

"在哪儿挖啊？"

"就在羚羊泉边儿上。"

然后老头儿就毫无保留地对比利说出了自己的计划。

羚羊泉周围都是菅茅丛,菅茅丛里有两条细细的小路通往泉边,这两条小路是到泉边饮水的动物们踩出来的。尽管牛总喜欢抄近路穿过菅茅丛来喝水,不过,马和别的野兽却常常是顺着这些小路来的。

老汤姆计划在那两条小路上各挖上几个坑。

比利和老汤姆带着铁锹朝着羚羊泉走去。

要挖一个能让飞毛腿掉进去的陷阱,这可不是一件轻松的活儿,他们觉得在两条路上都挖坑实在太困难了。因为飞毛腿只走一条路,他们就选了其中的一条路来挖坑。而且,挖好坑后,两个人还得做好隐蔽工作,耐心地等待飞毛腿跑来喝水。

挖这个陷阱两个人用了二十个小时。陷阱挖好后,他们便用木桩、柴草和泥土把这个陷阱巧妙地掩盖起来。随后,他们在距此不远的地方又挖了一个坑,这是老汤姆他们用来藏身的坑。之后,老汤姆又在附近拔了一些灯芯草,把它们撒在了没挖陷阱的那条路上,他觉得那样一来飞毛腿就会起疑心，也就不会拣那条路走了。

一切准备停当后，两人躲在事先准备好的坑里等着。约莫中午时分，飞毛腿来了。因为雌马群被乔给逮住了，所以，从那以后它就单独行动了。

没想到，飞毛腿却选择了没有陷阱的那条道，很快它就跑到泉边喝起了水。

现在，补救的办法只有一个了。两个人迅速从坑里跳了出来，飞快地跑到飞毛腿背后的那条路上，拔出手枪来，对着它身后的地上放了一枪。

飞毛腿马上弹跳起来，它迈着矫健的步子，笔直地朝陷阱跑去。可是，它并没有踏入陷阱，而是在陷阱前使劲一跳，跳过了那块伪装着的土地，一溜烟儿地跑远了。也许是动物的守护神事先告诉它了吧："那里危险！"

两个人兀自呆在那儿，大张着嘴巴，半天没缓过劲儿来。从此以后，飞毛腿到羚羊泉来的时候，就再也不走那两条惯常走的小道儿了。

六

乔捕猎飞毛腿没有成功。可他一直没有死心。当他听说别人也在想方设法地去逮飞毛腿的时候,又坐不住了。

乔决定尝试一种新的捕猎方法,这种方法同以前的方法有些类似,但却不是以前那种两个人交替着追赶,而是几个人连续用最快的速度追赶,一点儿也不给飞毛腿休息的时间。印第安人在骑马捉比马跑得快得多的羚羊时经常采用这样的方法,要想逮住奔跑起来奇快无比的飞毛腿,这个办法应该是最好的了。

要想使用这个办法,就得对飞毛腿平时活动的地域和活动路线了如指掌。

不用说,乔对此当然是很清楚的。

飞毛腿的活动范围是一片方圆一百千米的三角形地带,要在这样大的范围内捉住飞毛腿,主要地点都得安插上人，算起来起码需要五十人左右。可是乔现在所能调用的，也不过是二十匹马和五个好骑手。尽管如此，他还是决定再大干上一场。

他们事先把这二十匹马好好地饲养了两个星期，然后才分派出去使唤。对每一个骑手，乔都清楚地交代好他们的任务，并在追击的前一天，将他们送到了各自的岗位。开始追击的那一天，乔把运货马车赶到了羚羊泉的平原上，在离羚羊泉很远的一座小吊桥下面安营等候。

等飞毛腿在那里喝完水，乔便从后面追起来了。这次，乔从一开始就使劲催马前行，让他的马以最快的速度追赶。

飞毛腿四蹄腾空，奔跑如风，一转眼就把乔甩出了一大段距离，它飞一般地向平原的南面跑去。

乔继续追赶着。

过了一会儿，飞毛腿就跑进了沙丘。沙丘是像海滩那样的柔软沙子堆起的山丘，没想到飞毛腿跑起来却如履平地，依然以不变的速度穿过了那里。

乔骑着马也来到了沙丘,可是由于背上还驮着一个人,负载太重,所以它走过沙地时,行走相当地艰难,整个马蹄都陷在了沙子里,一步步地落后了。

经过那块沙地时,飞毛腿和乔之间的距离又拉大了。好在乔的马最后终于走出了那片沙丘。

到了平地上,乔的马向飞毛腿靠近了一些,可是紧接着又碰上了一条倾陡的长坡,那匹马不敢放胆飞奔,于是就又一点儿一点儿地被甩在了后面。

乔狠劲地用马鞭子抽打自己的马,让它一鼓作气加速往前跑。追过一英里又一英里,不远处就是阿累巴山了,山上满是阴森森的岩石,那儿布置了换班的马。

飞毛腿把乔甩得越来越远了,它马不停蹄地向阿累巴山的岩石那边跑过去,可是等候在那儿的人就那么傻愣愣地站在一边,就像没看到它跑过来一样。

飞毛腿脖子上那黑色的鬃毛随风飘扬,它跑过等候在那里的男人身边,一口气儿就蹿上了一座山坡。然后,它又越过谷底,爬到了另一面陡坡上面。这期间,又是上坡又是下坡的,飞毛腿的步调却总是那么的有节奏,

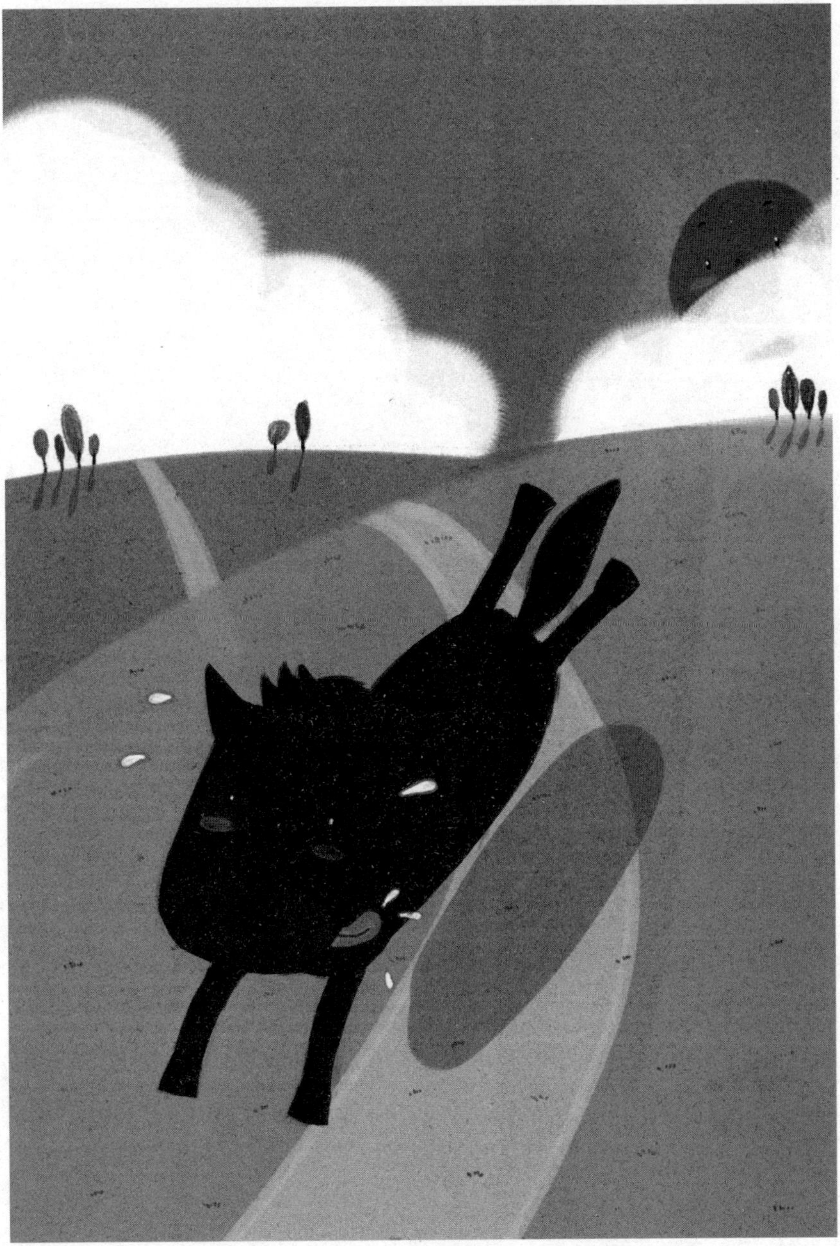

一点儿都没有乱。

不久,乔也骑着马来到了山谷。他的马现在已经累得口吐白沫了。乔跳到了那匹等候换班的马身上,然后立刻催马跑下了山谷,随即又跟在飞毛腿的后面登上了对面的山坡。

从山谷那边一上来,乔马上就让他的马提速飞快地追了出去。他使劲追呀,追呀,可是他与飞毛腿之间的距离连一英寸也没有缩短。

"吧嗒吧嗒……"

飞毛腿迈着有节奏的步子向前奔跑,一小时、两小时、三小时,马还在继续奔跑,亚拉摩萨河离此不远了,又有换班的马在那儿等候着了。乔大声吆喝着自己的马,朝前猛赶。

飞毛腿一直朝亚拉摩萨河跑去,可是,跑到距离峡谷三千米远时,它突然朝左拐弯了。

"它是想逃啊,不能让它逃掉。"

乔不顾一切地骑着自己那匹累得半死不活的马赶上前去,想截住飞毛腿。

在后面追赶起来都相当吃力,现在想跑到前面截住它,这种追逐可真够激烈的。两匹马都跑得"呼哧呼哧"直喘气,乔手中的皮鞭甩得"啪啪"直响,再也没有比他们的追逐更激烈的啦。

这时,乔横插了过去,看样子快赶上了,他立刻拔出了手枪,朝着飞毛腿前进的方向"砰砰"地开了一枪又一枪,打得尘土四处飞扬。

飞毛腿惊慌失措地掉过头来向右跑去,它被驱赶着按照人们预定的方向跑了回来,开始向亚拉摩萨河方向狂奔。

很快,飞毛腿就进入了山谷。乔骑着它的马,也跟着跑进了山谷。

七

飞毛腿刚跑过峡谷的驻地,乔就从后面追了过来。可是,他一到驻地,就从马上跳了下来。他的马现在已经不行了，乔自己也已累得筋疲力尽。跑了这么长时间，他的眼睛都被飞扬的碱土给迷住了，变得通红。他半瞎着眼睛，打着手势催促他的伙伴赶紧向前追，把飞毛腿一直赶到亚拉摩萨河去。

换班的人骑上一匹强壮的新马，箭一般地蹿了出去，在起伏不平的原野上继续追赶。飞毛腿忽上忽下地向前奔跑，现在，它累得嘴里直冒白沫。从它鼓起来老高的肚子和"呼哧呼哧"的喘气声来看，都知道它累成了什么样子了，可它还是不停地向前飞奔着。

一开始，乔的朋友骑的马眼看就要追上飞毛腿了，可是，一个钟头后，当他骑着马来到亚拉摩萨长坡时，他又被飞毛腿一点点地落在了后面。

在亚拉摩萨河的河滩上，一个精力十足的小伙子正骑着一匹新马等候在那里。一见飞毛腿跑过来，他便立刻迎着它追了过去，他拦住了飞毛腿的去向，把飞毛腿赶到西面去了。

飞毛腿和小伙子的坐骑就这样一前一后地跑着，它们跑过了土拨鼠的巢穴，越过了杂草丛生的地带，穿过了满是沙子的沙漠，一路飞奔。飞毛腿浑身沾着污泥，冒着汗水，现在看起来就像一匹褐色条纹的花马，尽管狼狈不堪，可它跑起来还是跟以前一个样儿。

在后头追赶的小伙子，一开始就以极快的速度追击。他的马已经跑累了，可他还是踢打着马肚子追赶。现在他想叫这匹累得气喘吁吁的马横穿过一道连飞毛腿见了都害怕的溪谷，可是一个失足，马一下子倒了，小伙子也从马上摔了出去。

看样子他是没受伤，可是他的那匹马倒下后却再也没有站起来。

飞毛腿眼瞅着就又跑远了，它的脚力可真了不起。现在它又跑到西部的荒野去了。它的身体简直就像铁打的一样，又像永不停止的机器，不停地飞奔。

不久，飞毛腿就跑到了一个新的牧场，那个牧场是老加利哥的。再过半个小时，它就要跑出那个牧场了，不过，就在牧场的边儿上，还有一个追击者在那里等候着。

等候飞毛腿的人正是乔。原来，乔休息了一会儿就又恢复了体力，于是，他骑上一匹新马，以箭一般的速度向飞毛腿追去。

西边，远处的卡罗斯山已经遥遥在望了，那儿还有接班的人马在等候着。可就在这时，飞毛腿突然转换了方向，也许它预料到这么一直朝前跑下去是危险的，所以，它就猛地朝北奔去。

乔大喊起来，使劲地催自己的马，并一次一次地对着飞毛腿后面的土地上放枪，把尘土打得四处飞扬。可飞毛腿就是不回头，它就像一颗黑色的流星一样跑进了一条溪谷，没办法，乔只好跟在了后头。

接下来，此前从没有过的最激烈的追逐开始了。要想追上飞毛腿，必须把它赶回到大渡口去。

乔对飞毛腿非常残酷，对他的马和自己本身则更加残酷。太阳火辣辣地照着大地，热气浮动的平原变得灰蒙蒙的，他的眼睛和嘴唇被尘土和汗水浸渍得干巴巴的，但他还是不顾一切地往前追。因为，这次狩猎的胜败已经完全取决于能否改变飞毛腿的奔跑方向了。

乔一直都在飞毛腿的后面追逐着。直到现在,他才从飞毛腿的身上看出一丁点儿疲乏的样子,这可是头一遭。现在,它的鬃毛和尾巴已经没有先前竖得那么高了。它落下乔半里路的距离正在被乔一点点地拉近,很快,已经被他赶上一大半了,尽管如此,飞毛腿的步伐一直都很沉稳,没有丝毫的慌乱。

过去了一个钟头又一个钟头,乔还在追赶着。这段时间里,乔终于把飞毛腿追得改变了方向,他们正向毕古峡谷那边跑去。

他们抵达那个大浅滩时,天都快要黑下来了。

这会儿工夫,乔已经跑了三十千米路,可他依然精神头十足。但是他的那匹马体力却严重透支了,乔刚从它身上跳下来,它就喘着粗气跑到溪水前,咕咚咕咚地大喝了一顿,接着就断了气。

乔又从等候在浅滩那儿的伙伴手里拉过来一匹新马,可是他却没有马上跨上去追赶,他把马勒住,等着满嘴冒白沫的飞毛腿也过来喝水。不过，飞毛腿却很聪明，它只喝了一口，就立刻涉过溪水跑了。

乔又急急忙忙地追了上去，他的马快速地跟在了飞毛腿的后面。天已经黑下来了，乔的同伴一直站在浅滩边看着这场追逐，最后，他看到的还是乔在后面使劲地追逐着飞毛腿的身影。

第二天一早，乔步行着返回了宿营地。

他简略地对大家总结了一下此次狩猎的情况："八匹马死了，五个人被搞得精疲力竭。可是那匹飞毛腿还是平安无事地溜掉了。"说罢，他厌烦地挥挥手，"真没办法，这事儿我干不了。可惜我一直没能抓住机会，把这匹该死的野马打个对穿。"

从此以后，乔对追捕飞毛腿一事彻底死心了。这个飞毛腿啊，把乔这样野心勃勃的人都弄灰心了。

八

老汤姆参加了乔两次追赶飞毛腿的活动，这两次他都是给他们做饭的。他和别人一样,也兴致盎然地注视着这次追击。乔再次失败后,他竟然哧哧地笑了。

"这回该轮到我了,我只需要稍稍动一下脑筋就可以搞定了。"

老汤姆嘀咕完,就回去拿出他的那本《圣经》,从里面寻找启发和灵感去了。当他看到一个叫德利拉的女子打败了巨人参孙的故事,眼前突然一亮。

"好!有办法了。我知道怎么对付它了。"

那九匹雌性马匹被抓走后,就只剩下飞毛腿一个了,它过了很长时间的单身生活。

现在,汤姆老头儿打算动用一匹小雌马,把飞毛腿给引诱过来。老头儿有一个好朋友,养着一匹可爱的小雌马,他就从朋友那里把这匹小雌马借了出来。

飞毛腿遭到很多的迫害,性子变得越发野起来了。可是,它并没有离开羚羊泉。因为平原上只有这唯一的一个饮水处。

汤姆老头儿带着一副最最结实的马脚镣、一把掘土用的铲子、一根结实的粗木桩和一根应急用的套索,骑着从朋友那儿借来的小雌马,赶往著名的羚羊泉去了。

一到了羚羊泉,老头儿就把这匹小雌马拴在了一棵树上让它吃草。小雌马吃草的时候,不时地扬起鼻子,发出一声又尖又脆的长嘶,那是雌马在召唤雄马的声音。毕竟,春天已经来临了。

老汤姆仔细研究了一下风向和地势,选中了一个地方。他先把自己带来的木桩子深深地埋进了土里,只在地面上露出来一个头,然后在那上面牢牢地系上了一根绳子。

之后,老汤姆又在木桩子旁边挖了一个大坑用来隐藏,又在坑里铺好一条毯子。他把拴小雌马的绳子尽量收紧,紧到小雌马几乎不能来回踱步为止。

最后,老头儿又在他自己隐身的坑和小雌马之间扯起了套索,把长的一头拴在了坑旁边的木桩上,随后用一些草和泥土把套索掩埋起来。

老汤姆一直躲在坑里等着。到了中午的时候,小雌马那多情的嘶叫声终于得到了雄马的应答，应和它的那匹雄马正是飞毛腿。

飞毛腿现在变得异常地谨慎，不过，它还是渐渐地走了过来，到了羚羊泉近处，它警觉地兜了一个大圈子，显得顾虑重重，一直在察看有没有什么可疑之处。

那匹小雌马见了，特别欢快地叫了起来，它向飞毛腿发出了邀请。飞毛腿在四周来回地蹦跳了一会儿，渐渐地向小雌马走近了。

飞毛腿终于来到了小雌马的身边，它的鼻子碰了碰小雌马的鼻子。小雌马显得特别温顺，看样子它好像什么都肯听从飞毛腿似的。飞毛腿简直都要醉了，它兴奋地大踏步地兜来兜去。

很快，它的两条后腿就都一下子踩进了那个事先准备好的绳圈里，老汤姆瞅准这次机会，又快又猛地把绳子一拉，忽地收紧活结，飞毛腿就被他给逮住了。

飞毛腿受了很大的惊吓，一跳跳了老高，可是老汤姆趁此机会，拿绳子在它身上又绕了一圈儿。

飞毛腿用尽全力想逃出去，可是绳子最终还是拖到了头，它立刻摔倒在了地上。

见飞毛腿摔倒了，老汤姆那瘦小而又驼背的身体才从坑里露了出来。飞毛腿尽管身强力壮，可是和这个小老头儿比智慧的话，就太不中用啦。飞毛腿拼命地挣扎，可是小老头儿又扔出了第二根套索，这回，飞毛腿的前腿也被套住了。老汤姆非常熟练地把飞毛腿的四条腿捆在了一起，飞毛腿就像一头被捆绑的猪那样躺在了地上。

尽管四肢被绑住了，它仍然拼命地挣扎着，一直折腾到渐渐地没劲儿了，于是，它便抽抽噎噎地哭了起来，眼泪顺着腮帮子流下来了。

老汤姆一直站在旁边看着飞毛腿，看着看着，他浑身打起了哆嗦。记得很久以前，他还年轻的那阵子，第一次用绳套逮住一匹雄马时，他也曾像今天这么浑身哆嗦过。乔费了九牛二虎之力都没捉到飞毛腿，如今，老汤姆一个人就弄到手了，老汤姆怎会不激动呢？但是，他这种激动的心情马上就消失了。他突然想起自己还有更重要的事情要做,他得赶紧往飞毛腿身上按上自己的烙印,可是,之前他却忘了烙印这码子事,事先都没有准备。没有别的办法,老头儿只好跑到那匹小雌马跟前,从它的马蹄子上撬下了一块马蹄铁;接着,他划拉了一堆干树枝,点上了火,不到一会儿,就把那块马蹄铁烧红了半边,然后,他又用自己的袜子把另外半边裹住,拿着这块马蹄铁在飞毛腿的左肩上胡乱地烫上了自己的烙印。飞毛腿疼得浑身直打哆嗦。

按照西部的法律,谁第一个给马或牛身上打上自己的标记,谁就是它们的主人。如今,飞毛腿正式成了老汤姆的所有物。

现在,他终于可以把飞毛腿带回家了。

老汤姆给飞毛腿戴上脚镣之后,这才解下了绳索。

飞毛腿以为绑在身上的绳子没了就自由了,可是当它站起身来想往前跨上一步时,就又摔倒了。现在,它的两条前腿被牢牢地铐在了一起,只能是拖着脚走路,不然就得费劲儿地蹦着走,稍快一点儿,它就会摔跤。

老汤姆想把飞毛腿给赶回家去,可是它却愤怒地使劲喷着响鼻,尽管行动不方便了,它还是一次次地想逃走。后来,它喘气时喷出来的水汽,都有一半是血水了。

不久,老头儿赶着飞毛腿来到了悬崖附近,站在这里都可以望得见牧场的房屋了。

这时,让人意想不到的事情发生了,飞毛腿突然拼命地往悬崖上蹦去。

老汤姆举枪朝天射击,想让飞毛腿回来,但飞毛腿根本不听他的,它越登越高,很快就跑上了最最陡峭的悬崖,然后从那里纵身一跃。

飞毛腿从悬崖上跌了下去,它庞大的身躯在半空中打着旋,一直跌到了两百米以下的谷底。

飞毛腿终于逃出了老汤姆的手心,它的灵魂终于重新获得了自由,而它的身体,却在谷底摔了个粉身碎骨。

公鹿的脚印

一

桑德尔这个地方位于加拿大，是一个辽阔的丘陵地带，这里还没有开发。每到夏天，这里的天气就闷热得不得了，就像着火了一样。森林里的草地上有一些浅水洼，被太阳烤晒得都快冒烟了。

这一天，十九岁的小伙子杨松头顶着烈日走在山冈上。他是本地人，此刻正在追捕一只小鸟，由于跑得又累又渴，于是他就去找那处有着清澈泉水的山泉。

杨松飞快地跑到了泉水边，然后便俯下身子，用两只手来捧水喝。这时，他突然发现附近的泥地上有一串很小的脚印，这种脚印以前他从来都没见过。不过，经过判断，他认为肯定是野鹿的脚印，于是，他变得兴奋不已，此前的疲劳感也跟着一扫而光了。以前，杨松曾听人说过，附近的野鹿早就灭绝了，不过，眼前这清晰的脚印，足以说明附近还有野鹿出没。于是，回去之后他就把自己看到野鹿脚印的事情告诉了一个长辈，可那位长辈却说："你肯定是看错了，我们这里早就没有野鹿了。"

一段时间后，杨松就把这件事给忘了。秋天很快就到了，这里下了第一场雪。

看到地上的雪，杨松不禁又想起了夏天在泉水边看到的那串脚印。于是，他取下挂在墙上的枪，心里暗想："这下可好了，刚下过雪，这回终于可以根据地面上的脚印找到野鹿了。我确定自己没有看错，从今天开始，我每天都去山上搜捕，就不信找不到野鹿。"

于是，杨松就每天都扛着猎枪走到深山老林中寻找野鹿。山谷里覆盖了一层很厚的积雪，上面印有各种各样动物的脚印，杨松接连搜寻了好几天，却一次也没有发现野鹿的踪迹。

杨松不禁有点儿失望。但他却不愿认输。杨松现在虽然还算不上一个出色的猎人，但却拥有着一双强劲有力的脚，翻山越岭，永不知疲倦。虽然很累，但只要好好地睡上一晚，白天的那点儿疲劳感很快就一扫而光，第二天照样是精力充沛。

有一天，杨松朝南面的山涧走了很长一段距离，终于在雪地上发现了野鹿的脚印，这串脚印一路向前延伸了过去。杨松忍不住一阵兴奋，终于发现野鹿的脚印了！虽然有点儿模糊，不像是新留下来的，但那确实是野鹿留下的脚印啊！一开始，杨松还不能判断野鹿是朝哪个方向跑的，可是他一直在鼓励自己：没关系，动物是活的，只要紧盯着不放就行了，早晚都会找到它们的，只要跟着追下去，一定能发现新的脚印。

很快，杨松又在雪地上发现了一行行脚印，这些脚印也都是以前留下来的，看起来很模糊，不太好辨认，不过杨松还是从这些脚印较尖的一端发现了端倪，这尖状部分实际上就是野鹿的脚尖，脚尖所指的方向一定是野鹿行进的方向。

于是，杨松便沿着他发现的野鹿脚尖的方向，在这片白茫茫的看不到边的山林间飞奔起来。他的判断非常正确，追着追着，野鹿的脚印就越来越明显了。杨松此时的喜悦简直无法形容，他的全身都因为过于兴奋而变得发烫，他的头发也都一根根地竖了起来。

杨松跟着野鹿的踪迹整整跑了一天，到了傍晚时分，那些野鹿的脚印居然偏离了原来的方向，偏离了山冈、原野和森林，朝着杨松的小屋一直延伸而去。最后，脚印没入了很深、很茂密的白杨树树林里。这时，太阳已经落山了，森林里渐渐黑下来了，任何动物的脚印都看不见了，杨松只好暂时停止了追踪。他观察了一下周围的环境，估摸这里距离自己的小屋还有十几千米，不过，他只用一个小时就返回了自己的小屋。

　　第二天一大早，杨松再次来到了昨天发现野鹿脚印的白杨树树林里，继续尾随着那些脚印追踪起来。可是，昨天他发现的野鹿脚印只有一串，今天却多出来几串，而且这么多串脚印还错综复杂地交杂在一起，杨松有点儿迟疑了，他不知道接下来应该追赶哪一串脚印才好，于是就在附近随便地走动查看着，最终他锁定了一个目标，那串脚印特别清晰，于是，他便顺着这串脚印追踪了过去。

　　杨松只顾埋头沿着他发现的脚印往前走，不知不觉就走到了一片空地的中央。就在这时，眼前突然蹦出来两头高大的动物，它们长着一对灰色的大耳朵。这两头动物马不停蹄地向前跑了有五十米，然后又登上了一个高冈，这才停下了脚步，回头看着杨松。

　　它们的目光极其温柔，就那么温顺地看着杨松。杨松仔细一看，这不就是自己几个星期以来一直在追寻的野鹿吗？自从第一次发现了它们的脚印后，杨松无时无刻不惦记着有一天自己能够亲手抓到它们。如今，这两头野鹿就在眼前，他终于看到它们了！杨松就这样一动不动地站在那里，像被什么给钉住了一样，完全忘记了此行的目的。他的脸上满是惊讶和赞叹的神情，嘴里不由得惊叫着："啊……啊……"

那两头鹿盯着他看了半天，回头跑了两三步，到了一块比较平坦的地方，然后便互相追逐着玩了起来，根本就无视杨松的存在。杨松很惊讶地发现，它们的蹄子只是轻轻地触碰了一下地面，就能飞跃到很高的空中。

它们就那样不停地跳跃并追逐着，杨松知道它们并没有吓得仓皇逃跑，要是那样的话，他是能看出来的。两头鹿一次比一次跳得高，渐渐远去了。它们在向山坡上奔跑时，身体后面的白毛被风吹起，看起来就像两只没长翅膀的大鸟一样。老半天杨松才反应过来，这时，野鹿已经跑出很远了，翻到山那边去了。

杨松默默地注视着它们远去的背影，直到看不见了为止。不知为什么，他现在居然没有丝毫想举枪射击它们的念头。

直到野鹿的影子完全消失不见了,杨松才缓过神来，赶紧跑过去观察雪地上野鹿跳跃时留下的脚印。起初他只发现了一个脚印，在附近根本找不到第二个，一会儿才在距离这里五米的地方惊奇地发现了第二个脚印。再找其他的脚印，距离就更远了，六米，七米，后面的脚印之间的距离最长的甚至达到了十米。这两头野鹿简直就像是在空中飞翔啊！它们一会儿在空中腾飞，一会儿又飘落到地面上，而它们落地之时，也不过是脚尖轻轻点地而已，旋即就又飞腾起来。

杨松第一次看到了野鹿如此轻盈跳跃的样子，不禁暗暗地想道："真是太好了！幸亏我没有开枪，今天的事竟被我给遇到了，这种感觉真是太美妙了！这里的人们肯定都没有见过这么美丽的野鹿，要不，我以前怎么就没听人说起过呢？"

二

第二天早晨，杨松从睡梦中醒来，不禁又后悔了。

自己明明是去捕捉野鹿的，可昨晚怎么那么轻而易举地就把要到手的猎物给放了呢？真是太愚蠢了！所以杨松暗暗下定了决心，这一次要再杀回山里去追捕野鹿，并且还要和野鹿较量较量，看看究竟是野鹿跑得快还是他猎枪中的子弹飞得快。

杨松又一次来到了森林。看哪，这里的景色多美啊——在这一望无际、连绵起伏的山丘上，星罗棋布地点缀着大大小小的湖泊、森林和草原，他的脚下，时不时就会窜出几只小动物，有野兔、鹌鹑等，雪地上到处都是动物们形状各异的脚印。这座山里生活着大量的野生动植物，处处都充满了生机和活力。杨松似乎也被这美妙的景色所感染，浑身都充满了活力。

"大自然真是太美妙了！这一刻是我一生中最快乐的时候，我觉得自己是世界上最幸福的人了。"杨松发自内心地说道。的确，当他年迈体衰时，再回忆起年轻时在大自然中生活的这段美好时光，那种幸福感依然不减。

一整天，杨松都在大步地寻找野鹿留下来的脚印。

那脚印就像写在雪地上的文字一样,我们可以从中读出许许多多的信息来。这可是世界上最古老的文字了。

大自然就像是野生动物的庇护神,又下了一场大雪,厚厚的积雪将野鹿的脚印完全给遮盖住了。猎鹿行动也随之失去了线索。

第二天,杨松依然奔走于山林间,但还是一点儿线索也没有。第三天,杨松还是一无所获。就这样,杨松每天都要在雪山中跋涉好几千米。晚上,他就在冰冷的山野中过夜。山里真的是太冷了,寒气逼人,冻得人根本睡不着觉,杨松只好彻夜不眠,耐心地等待着黎明的到来。

就这样,一连几个星期过去了。有时候,杨松也会发现一些断断续续的线索,只是这样的机会不多,只有那么一两次而已;他也曾远远地看到过野鹿的影子轻盈地越过山丘,可是,它们的身影转瞬间就又消失了,以至于杨松常常怀疑自己是不是看错了。

有一次,听一个上山砍柴的樵夫说他刚刚在山脚下看到过野鹿,杨松便沿着樵夫所指的方向追逐了过去,可他还是晚到了一步，野鹿已经跑到其他的山上纵横驰骋去了。

听说有人曾在木材工厂附近的森林里看到过公鹿。杨松也曾见过人们口中所说的那只公鹿留下来的脚印，然而他却从来没有发现过这只公鹿的身影。公鹿出没过的几条路，杨松也都一一去看过，他准备一旦看到了野鹿，就随时开枪射击。可他却再也没有这样的机会了。几个星期过去了，打猎的季节也慢慢地过去了。杨松依旧是一无所获，随身携带的粮食都吃得所剩无几了，不得已，他只好暂时回家了。

看似一无所获的杨松，实际上这个冬季却过得非常愉快，他整天都跟大自然在一起，这段难忘的经历，教会了他很多重要的知识，也让他享受到了无比的乐趣。

三

过了一年，又到了狩猎的季节。这段时间，大家都在谈论着一件事，他们说不知道从哪儿来了一头巨大的公鹿，经常在遥远的山冈上歇息。所有见过它的人都绘声绘色地描述着那头公鹿，说它头上的角大极了。还有人说它跑起来就跟腾云驾雾一样，不像是一般的野鹿。于是，人们私底下就把这头公鹿称为"桑德尔公鹿"。

这些传言使杨松再次兴起了猎鹿的念头，他已经对公鹿的传说着了迷，也不管现在是不是捕猎的最佳时期，就又开始准备出发的东西了。

一场大雪过后，地面上到处都是动物们奔走的踪迹。杨松约上几个朋友，迫不及待地乘着雪橇朝着深山出发了。他热切的心情无形中也感染了他的朋友。进山之后，他们商量了半天，决定分头去寻找猎物。他们确定了集合的地点后便分头出发了。

这一带的森林里野兔很多，还有很多的雷鸟，所以不时就能听到伙伴们对着天空开枪射击的声音。

杨松跟大家分开后，就离开了森林，一个人行走在大片的草原上。

他觉得公鹿应该会在这里出现，因为以前他曾在这里见过它美丽的身姿。

就这样,杨松一直走了差不多五千米,这时,他终于看到了公鹿遗留下来的脚印,而且正是那头"桑德尔公鹿"的脚印。这下子可把杨松给乐坏了。

他的精神也不由得为之一振。从脚印上看,"桑德尔公鹿"的体形一定很大,要不怎么会有这么大的脚印呢!杨松想罢,便像一头追踪猎物的狼一样沿着这些脚印所指的方向追赶了过去。

杨松就这样一门心思地追逐着公鹿的脚印,不知不觉跑出了很远。天快黑了,他这才想起同朋友们的约定,可是,这个地方距离约定地点已经很远了。

杨松心想,就算现在往回走,没等他到达集合地点,天就已经黑了,于是,他决定不回去了。反正自己一个人也不是没在外面待过。

对杨松来说,翻山越岭简直如履平地。他可以一刻不停地走上一整天,回家歇息一下后,就又变得精力充沛了。

同伴们都了解杨松的个性,相信他单独一人不会有什么事的。于是,在约定时间内没看到杨松回来,他们便驾着雪橇回去了。不过,他们绝对想象不到,杨松正一个人置身于大自然的怀抱中,强烈地感受着大自然的美丽,体会着生命中从未有过的喜悦。

火红的太阳渐渐地从雪原上落了下来,就连那片白杨树林也被染得一片血红,闪烁着红色的光芒。杨松遥望着远方,深深地陶醉在眼前的美景中。

过了一会儿,周围渐渐地暗了下来,整个森林变得漆黑一片。很快,金黄色的月光又倾泻下来。

杨松早已改变主意,反正晚上也是冻得睡不着,不如回朋友们身边去。他穿行在森林中,回味着大自然的美景,不由得感叹道:"我一生中最快乐的时刻也不外乎如此了!它就像天空的月亮一样闪烁着金色的光芒。"

杨松很快就走近了和同伴们约定集合的那片森林,他试着喊了一声:"喂,你们都还在吗?"他的声音中气十足,在夜晚的森林中显得特别响亮。他这一喊,不但没有得到同伴们的回应,反倒引来狼的叫声,那声音是从远处传来的,听起来还很微弱。呜呜的叫声在空气中不停地回荡着。那声音听上去就像是狼群在相互传递信号，准备要围捕什么猎物一样。

杨松便模仿着它们叫了几声。于是，黑暗之处立刻传来了许多应和声。渐渐地，那声音变得越来越清晰了，逐渐向这边逼近。

这时，杨松才意识到——原来自己才是它们想要追捕的猎物呀！这可怎么办呢？！杨松的大脑飞快地转动着，他非常清楚，这么冷的夜晚，爬到树上即使可以躲过狼群，也一定会被活活地冻死的。于是，他索性放弃了逃跑，径直走到了草地中央，并在一块洒满月光的空地上坐了下来。他手里拿着一杆又黑又亮的猎枪，时刻保持着高度的警惕。

狼群的嚎叫声越来越近了，是那种低沉并且充满节奏感的叫声。到了森林边的时候，号叫声突然停止了，随后便听到了狼群踩踏树枝发出的声音。这时，皎洁的月光照射在雪地上，如同白昼般明亮。狼群并不敢贸然上前，只是不停地在四周兜着圈子，伺机对杨松下手。

一阵可怕的静寂之后，小树枝被踩断的声音传了过来，看来狼要向他进攻了。杨松现在的头脑非常清醒，他明白，如果自己现在逃走的话，就会给狼以可乘之机，他一定会遭到狼群的围攻并且毫无还手之力，最后一定会命丧狼口。于是，他立刻集中注意力，准备一有个风吹草动便立刻扣动扳机。

可是，狼并没有马上出来攻击，它们的数量并不多，而且非常狡猾，它们都知道对手是一个使枪的人类，如果轻举妄动，随时都会遭到猎枪的射击。

看来杨松并不好惹，于是它们又转了一会儿，始终找不到机会下手，也许它们也经过了一番商讨，最后，它们选择了放弃，开始撤离，向森林深处跑去了。

杨松待在原地，又警惕地等了一会儿，确定狼群已经走远，不再回来了，这才站起身来，放心地继续朝宿营地走去。

经过这次危险的经历，杨松感同身受地认识到：作为被猎食者，鹿也要整天提心吊胆地防备敌人出其不意的攻击。听到敌人的脚步声或者是猎人扣动扳机的声音，它们一定也像他刚才遇到狼群时那样恐惧和害怕吧。

四

在往后的日子里，杨松还是一如既往地外出打猎，也常常在林海雪原中一待就是几天几夜。很快，他便对附近一带的地形了如指掌了。对地上留下来的痕迹，哪怕是 点点，他也能做出又快又准确的判断。桑德尔附近的地形、地貌、森林和动植物就像是一本百科全书，杨松从中学会了很多有用的知识和经验。

当然，在这段时间里，他也能偶尔发现那只公鹿留下来的脚印。

有一天，杨松正在穿过森林时，突然听到头顶上山雀在"啾啾"地鸣叫，好像在告诉杨松，春天已经到了，打猎也要进入尾声了。

这天，杨松在山里遇到了一位樵夫，樵夫说，头一天晚上他曾经遇见一公一母两头野鹿，那头公鹿的头上还长着一副巨大的鹿角,那样子就像头上顶了一个巨大的鸟巢一样。

杨松听说后,想立刻去看个究竟。于是便向樵夫打听看到野鹿的具体地点,随后就跑了过去。在那里,他果然找到了野鹿的脚印,其中的一些大脚印正是那头桑德尔公鹿留下来的。看到熟悉的脚印,杨松激动得热血沸腾。于是,他跟随着公鹿的脚印,越过一片一片的森林、翻过一座又一座山岭,一路追了下去。

在太阳快要落山之时,杨松和它们的距离终于越来越近了。从脚印上可以判断,那两头野鹿就在距此不远的地方。由于脚印和脚印之间的距离并不远,说明它们现在并没有纵身跳跃。这可真是一个难得的好机会啊!杨松于是便把随身携带的东西都卸下来放到了一边。然后,他趴在了地上,开始慢慢地、不弄出一丝声响地往前爬着。没多会儿工夫,他就爬到了一片茂密的树丛附近。在草原和树丛的边缘,似乎有什么东西在闪动着,杨松停下来一看,就见树丛中滚动着一根巨大的"原木","原木"的两端还生出两根粗大的"树枝"来。杨松再仔细一看,哪是什么"原木"啊,那分明就是野鹿的鹿角!刚才树丛中闪动的,竟是野鹿的两只大耳朵。杨松激动得不由自主地颤抖起来,眼前正是他日夜追踪的"桑德尔公鹿"啊!

没想到它就这样出现在了自己的眼前!杨松的呼吸一下子变得急促了,他紧张极了,浑身都绷得紧紧的。看到眼前的猎物,他颤颤巍巍地端起了猎枪,想开枪射杀它。可是他太紧张了,手一直抖个不停,枪口总也对不准猎物。于是,他不得不暂时放下了猎枪。

这时,他的内心开始了激烈的斗争:这么美丽的公鹿,一点儿都没有意识到危险的临近。如果我在这时候射杀它,简直就是在犯罪。可是我要不射杀它的话,那么我这几个星期以来的追踪不就白费了吗?既然有了这样大好的机会,我可不能轻易放过。经过了一番激烈的思想斗争之后,杨松终于平静下来,于是,他再次拿起猎枪对准了公鹿。

"砰"的一声枪响。可是,第一枪他瞄得太低了,子弹并没有打中公鹿的身体,而是射到了它前面的雪地上。听到枪响,公鹿刚要跳起,这时,那头和它在一起的母鹿也出现了。"砰、砰"杨松紧接着射出了第二枪、第三枪,可是,后面的两枪还是没有击中目标。

转瞬间,两头野鹿就像插上了翅膀一样,风一般地消失不见了。

杨松立刻起身追赶。可是,前面已经没有积雪了,野鹿的脚印再也看不到了。眼看到手的猎物就这样跑掉了,杨松心中懊恼万分。

又走了一段距离,杨松在雪地上又发现了人类的鞋印。一看鞋印,杨松就知道是印第安人留下的,因为那是印第安人所特有的鹿皮的鞋印。

杨松心里非常不痛快。于是,他转而跟踪起这个鞋印来。

只爬了一个陡坡,他就看见一个高大魁梧的印第安人从他坐着的木墩上站了起来,微笑着冲他挥挥手。看来他不想与杨松为敌。

"你是谁?"杨松很不客气地问道。

"我叫加斯克。朋友,你好啊!"印第安人说出了

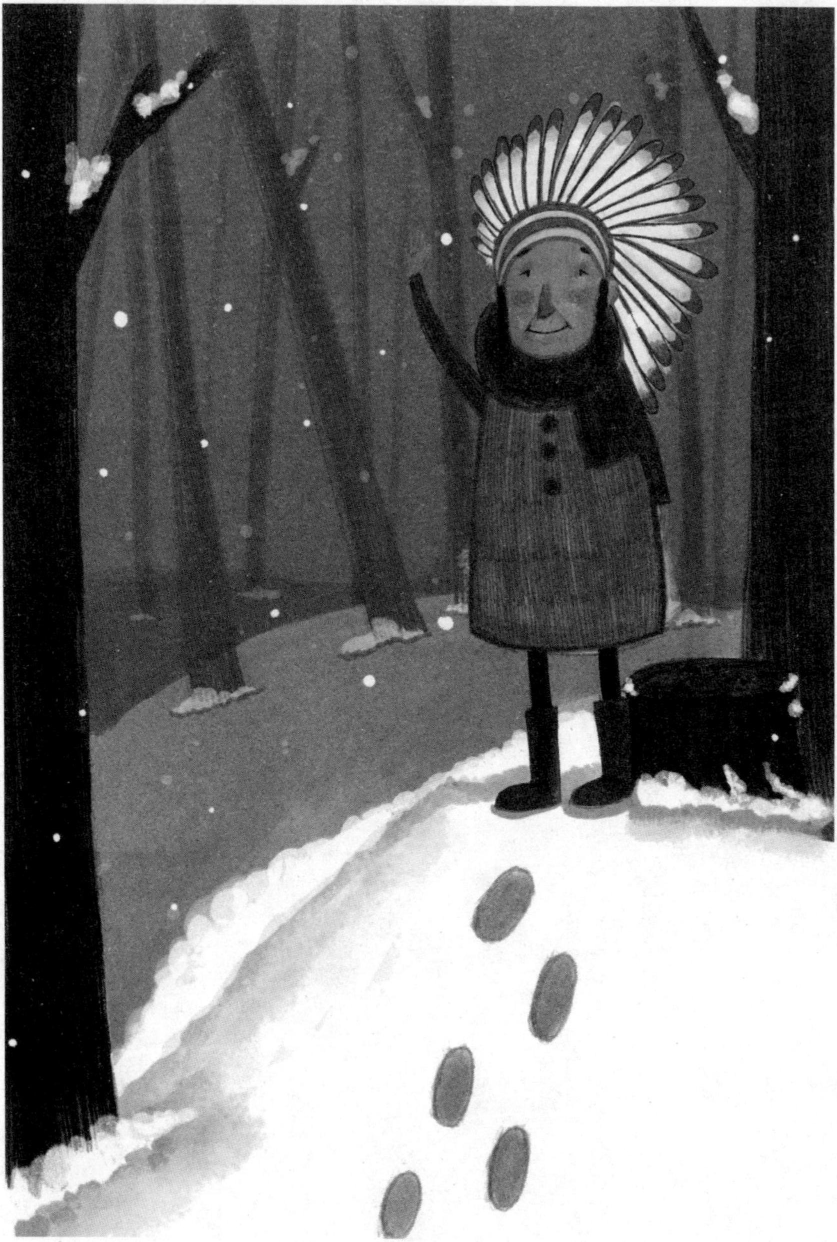

自己的名字。

"这里是我的地盘。你来这里干什么?"杨松气呼呼地问道。

"可这里原来是我的地盘啊!"加斯克从容地说着,从山坡上面走了下来。

"可你却在捕捉我的鹿!"杨松指着雪地上的痕迹说道。

"山里的猎物不属于任何人。谁先捉到就归谁所有。"加斯克立刻加以反驳。

"我劝你最好不要碰它,否则我就不客气了!"杨松威胁着对方。

"你想跟我动手吗?那我可不怕。不过你应该明白,只有本领高强的人才能捉到最好的野鹿。"加斯克也毫不示弱。

这就是杨松和加斯克初次见面的情景。不打不相识,他们很快成了朋友。后来的几天,杨松一直和加斯克一起结伴打猎。他虽然没有猎到那头顶着美丽鹿角的公鹿,但却从加斯克身上学到了很多捕猎方法。

加斯克告诉杨松，看到正在往山丘上奔跑的野鹿没必要去追踪，因为野鹿对追赶它的人很有戒心，它们会一边奔跑一边不停地改变方向，一见到人越过山丘，它们便会马上隐藏起来。

除此之外，加斯克还教杨松用手来触摸鹿的脚印，并且还要闻一闻它的气味，这样做不仅可以知道野鹿距离自己有多远，甚至还能猜测出野鹿的年龄以及身高体重等方面的信息。还有，就算你知道野鹿就在附近，也不能跟得太紧，否则，自己的行迹很容易就暴露了。

接着，加斯克把手弄湿，然后举起来，他告诉杨松，这样就可以知道风是从哪个方向吹过来的了。杨松听完之后，恍然大悟，现在他才明白，怪不得鹿的鼻子总是湿润的。

此外，加斯克还告诉杨松，在雪地上行走，如果把自己的脚印踩成一条直线的话，那么每一步就会多走出三到六厘米。自从认识了加斯克后，杨松学到了很多以前从没听说过的东西，真是受益匪浅。

他们两人有时候一起行动，有时候也会分开。

有一天，杨松独自一人出去打猎。他追随着野鹿的脚印闯入了一片灌木丛中。杨松蹑手蹑脚地跟在那些足迹后面，就听树林里一阵喳喳的声音，又见树枝在不停地摇动，于是他便马上端起了猎枪。

就在他快要扣动扳机的时候，猛然看到一个红色的东西，于是，他立刻住了手。不一会儿，灌木丛那边一阵摇晃，一个人影从里面走了出来。

没想到那人竟是加斯克！杨松吓得直喘着气："原来是你呀，加斯克！我差点儿打到了你！"

加斯克没有说话，只是用手指了指头上的那条红带子。杨松这才明白，印第安人为什么出去打猎的时候都会在自己头上绑一条红色的带子。这是因为红颜色很醒目，可以提醒其他猎人在打猎的时候不要误伤了自己。从此以后，杨松每次出去打猎，也会在自己头上绑上一条红色的带子。

还有一次，一群雷鸟从他们头上高高地飞过，另外还有一群也紧跟在它们后面，朝着树林里飞去。加斯克看到后，便对杨松说："看来大风雪就要来了，雷鸟都飞进树林里去了。"当天晚上，果然如加斯克所说的那样，天上下起了暴风雪，而且接连下了两天。

到了第三天，雪停了，他们又一起上路了。加斯克问杨松："你想不想到别的山上去试试？看样子这一带没有什么可找的了。"

杨松却不想离开这里，于是，加斯克便独自一人去了别的山上。杨松也返回了自己的住处，从此以后，他就再也没有见到过加斯克。

五

后来，杨松离开了这里，迁居到加拿大东部的一座偏远城市，在一个公司里打工。

他觉得新环境并不像想象中的那么如意，所以每天都觉得很无聊。就在这时，他收到了故乡的朋友寄来的一封信。信上说，近期，大草原上出现了一批从未见过的鹿群，那头桑德尔公鹿也在其中。

于是，杨松便向所在的公司提出辞职，准备重返故乡，在他心里，一直都没有放下那头桑德尔公鹿。

他的故乡离这个城市很远，他必须先乘坐火车，然后再换乘马匹，最后再穿上鹿皮靴跋山涉水走上很长一段时间，才能到达他魂牵梦萦的桑德尔山区。

打猎的季节又开始了。杨松感觉又回到了以前那样的美好时光。同以往一样，他做了几次远途打猎，并且在外过夜，之后才回到自己的小屋中。

这期间，有朋友告诉他，有人在东边一个遥远的湖畔，看到了七头又肥又大的公鹿。于是杨松便和三个伙伴一起，驾着雪橇，到东边的湖畔去察看。他们见那里的雪地上到处都留有野鹿的脚印。其中有一个脚印特别大，不用说，一定就是桑德尔公鹿留下来的。紧接着，他们又发现，地面上的积雪已经被七个不同大小的脚印践踏得一塌糊涂了。见此情形，他们不由得睁大了眼睛，展开了一连串的追踪。

从遗留下来的印迹判断，那七头野鹿曾从山丘上转过头来向后望过，很快，它们便发现了有人在追赶它们。紧接着，它们便排成了一条直线，继续向前跑。太阳快下山了，他们还在往前追赶着。很快，天已经完全黑下来了，没法再这样追逐下去了，他们这才停了下来，临时在雪地上露营。

第二天一大早，他们驾着雪橇继续前进，没多久就碰到了一片凹痕，那片凹痕是由于积雪融化而形成的。不用说，这种大面积的凹痕一定是野鹿睡觉时留下来的。再往前走，附近的脚印变得更加清晰了，有迹象表明鹿群已经进入了密林。杨松于是吩咐大家从雪橇上下来，大家一起走路过去。

当几个人刚要进入密林时，就听见了一只松鸦"呱呱"的叫声。杨松立刻断定，野鹿就在附近。他告诉大家，如果再次听到松鸦的叫声，就可以进去了。

看样子，大家还得等会儿才能进去。可是，众人却耐不住性子，没听杨松的，仍然继续向丛林里走去。鹿群明白危险临近了，立刻分成了两组。一组两头，另外一组五头，分别向两个不同方向逃跑了。没办法，杨松只好把自己的伙伴也分成了两组，他和一个叫达夫的人一起追赶那两头鹿，剩下的人则追赶另外的五头鹿。杨松这么分组自有他的道理，他从野鹿留下的脚印中早已看出，他们两人追赶的鹿中有一头是桑德尔公鹿的配偶，另外一头就是他要寻找的"桑德尔公鹿"。

杨松和达夫跟在后面不停地追赶，追着追着，杨松发现，这两头鹿又分开了，它们朝着两个不同的方向逃跑了。于是，他便让达夫去追赶母鹿，自己则继续从后面追赶那头公鹿，不想给它以喘息的机会。追着追着，太阳就落山了，杨松不知不觉就闯入了一片有着稀疏丛林的广阔平原，以前他还从来没有来过这里。

脚印变得很清晰了，他马上就要接近这头公鹿了。可就在这时，远处突然传来了两声枪响。

公鹿受到惊吓，就像长了翅膀一样，向前飞奔出去，持续奔了几千米远。杨松连忙向枪响的地方奔去，原来是达夫，刚才那两枪就是他开的。达夫追赶的是那头母鹿，他兴奋地说："第二枪好像打中它了。"于是他们就向前追了起来，追了一千米左右，他们在地上发现了血迹。又追了一会儿，血迹竟然消失了，从地上的脚印可以判断，那头母鹿似乎又恢复了元气，飞快地逃走了。

杨松和达夫没有放弃，还是继续追踪。

这时，经过风雪的吹袭，雪地上的脚印几乎判断不清楚了，追着追着，杨松立刻意识到，他们现在追踪的脚印并不是那头受伤的母鹿留下来的，而是它的丈夫桑德尔公鹿留下来的。

这到底是怎么回事呢？杨松和达夫两个人又追逐了一会儿后，才明白了事情的真相：原来，那头公鹿赶回来，用自己的脚印接替了母鹿的脚印，帮助它的妻子逃命，这是动物们被追赶时惯用的一种逃生伎俩。

当一头鹿快要被追上时，另外一头就会跑过来搭救它的同伴，接替它的脚印继续奔跑，而先前被穷追不舍的那头鹿就会跳到旁边躲藏起来，或者往另外一个方向继续逃跑。

桑德尔公鹿使用的就是这一招。它把猎人们引开后，又返回了受伤的母鹿身边。

杨松和达夫弄明白事情的真相后，再次认真地寻找起公鹿的脚印来。夕阳西下之时，他们终于看到了那两头野鹿的身影，当时，它们正向一处山坡上跑去。

母鹿走得非常慢，它的头和耳朵都耷拉着。

公鹿就在母鹿的周围不停地转圈儿，看样子它非常担心，也非常焦虑，不时地停下来贴近母鹿，安慰它。

杨松和达夫加快了脚步，又走了一段距离，他们见那头母鹿终于无力地倒在了雪地上。

公鹿眼看着这两个人越来越近，它不停地晃动着自己头上的鹿角，直到发现母鹿再也站不起来了，它才无奈地选择了离开。

母鹿眼睁睁地看着这两个人走近了自己，挣扎着想要站起身来，可是无论它如何地用力，还是一点儿用也没有。它只好无奈地看着人靠近过来，清澈明亮的双眼中噙满了绝望的泪水，连呻吟一下的力气都没有了。达夫拿出随身携带的小刀，刺向了母鹿……见此情形，杨松不由得转过脸去，不忍观看。可达夫却无动于衷，三下两下就结果了母鹿的性命。

杨松突然感觉一阵天旋地转。直到达夫喊他，他才反应过来。桑德尔公鹿的妻子，那头母鹿已经躺在血泊中了。而此时，桑德尔公鹿正一动不动地站在远处，目不转睛地盯着这边，眼睛里充满了悲伤和无奈……杨松和达夫暂时把母鹿放在原地，然后跑回去取雪橇。一个小时后，当他们拖着雪橇重新返回来时，发现母鹿尸体周围的雪地上出现了一些又大又新的脚印。不用说，是那头桑德尔公鹿留下来的，它大概还试图回来解救自己的妻子吧。

忽然，他们瞧见不远处有一道影子闪了一下，就迅速地消失在了黑暗中。

当天晚上，杨松凝视着帐篷外面熊熊燃烧的火焰，心情格外沉重。这难道就是打猎吗？自己克服了重重困难、花费了那么多的精力和时间，难道就是要得到这样的结果吗？不停地从后面追赶并折磨这些美丽的生灵，然后再屠杀它们，最后将它们变成自己猎刀下的肉块，这难道就是打猎的目的吗？

六

第二天早晨，杨松那忧郁的心情才稍微有了一些好转。不久,对面的山上传来了"嗷嗷"的叫声,那是狼的叫声。大家纷纷猜测,也许狼群在袭击野鹿。

杨松的心情不由得又变得阴郁起来。现在,他已经彻底断了射杀野鹿的念头。

昨天晚上,看到那头公鹿曾回来试图解救母鹿留下的脚印时,杨松就心软了。望着公鹿那孤单奔跑的身影,他突然觉得桑德尔公鹿太可怜了。于是,他打定主意不再去追捕它了。

可现在又听到了狼的叫声,杨松不由得替野鹿担心起来。

这次意外地打到了野鹿,猎人们真是高兴极了。现在,他们都张罗着收拾东西准备回家了,可杨松却想留下来。他现在暂时还不想回家。虽然也跟着大家上了雪橇,坐在伙伴们中间,但他心里却一直在盘算着以什么借口留下来。

一个小时后,猎人们在路上再次发现了桑德尔公鹿的脚印。杨松终于想到了托词:"喂,停下来吧,我先不回去。我想跟桑德尔公鹿再见上一面。"

可是他的朋友们却不想在此久留了。他们已经有了收获，这个地方又这么冷，所以谁都不想再留下来。

于是，杨松从雪橇上取下了锅和少量的食物，在跟朋友们告别后，他便单独留了下来。

朋友们的雪橇渐渐走远了，一种从未有过的孤独感涌上了他的心头。虽然以前也有过好几个月单独在深山里打猎的经历，但那时候他却一点儿都不觉得寂寞。可现在却不一样了。面对着无边无际的雪野，他的心里竟是那样孤独，他真想把朋友们再喊回来。可是杨松是一个非常好强的人，所以，他一直都没有开口。

雪橇的影子最终消失不见了，杨松即使现在想把大家叫回来也不可能了。于是，他便孤身一人继续追踪公鹿。

每当追赶猎物的时候，杨松就会感到无比兴奋，也许是远古时代人类猎杀野兽充饥的那种原始本性在他体内复活的缘故吧。一旦全身心地投入到追逐野鹿的过程中，他又重新恢复了狼一样的捕猎欲望，现在，他之前所有的想法都消失得一干二净，刚才那种浓厚的伤感早已化为乌有了。

这天傍晚，杨松仍在追逐着公鹿的脚印。他发现公鹿的脚印有好几处都显出很杂沓凌乱的样子，断断续续地延伸到了一片灌木林前。

杨松猜这头公鹿一定在这片灌木林里休息呢，于是，他从旁边绕过那些脚印，拐进了灌木林。因为他知道，公鹿休息时也是迎风而卧的，即使是休息时，它的眼睛、耳朵、鼻子都不会闲下来，时刻提防着敌人。

杨松此刻显得非常紧张，他跟着这些脚印，趴低身体匍匐着前进了很长一段距离。忽然，身后传来"咔嚓"一声，像是小树枝折断的声音。一开始他还以为是自己不小心弄断了树枝，察看了很久，这才明白，原来是公鹿发出的声音。

公鹿怎么又回到自己身后了呢？原来公鹿在躺下来休息之前，都会依着自己原来踩过的脚印再倒退回来，迷惑敌人按照原来的方向继续前行，以致杨松觉得它还在自己的前面。而此时，公鹿早已绕到了杨松的后边，刚才它一听到杨松进入灌木林的声音，便立刻逃走了。

当杨松意识到自己受骗的时候，那头公鹿已经跑出好远了。

杨松又继续追逐着脚印,来到了一片陌生地带,以前他从来没到过这里。此时,天已完全黑了。于是,杨松便安营扎寨,模仿印第安人,点燃了一小堆火——这是以前加斯克教他的。如果宿营的时候点上大火,那是一种愚蠢的行为。

接着,杨松找了一个避风的地方,和衣而卧。可是这个晚上,野外寒风刺骨,大地和树木仿佛都冻得瑟瑟发抖。湖水早已结冰了。杨松也冻得不得了,他甚至想,要是自己的脸上也像狗一样长满了毛该有多好啊,再长一个大而多毛的尾巴就更好了,那样就可以用它来温暖冻僵的手脚了。

黑暗中,走来了一只郊狼,听到它那"呜呜"的叫声,杨松马上坐起来,可那只郊狼立即跑得没影儿了。

天快亮的时候,天气稍微暖和了一点儿,可是紧接着又下起了暴雪。公鹿的脚印完全被掩盖了。杨松试着走出了两三千米,还是找不到公鹿的脚印。由于杨松之前只是一味地看着脚印、拼命地追赶,现在已经不知道自己身处何方了。在毫无目标可寻的情形下，他决定到巴因河那边去。巴因河应该在东南方，可哪里是东南方呢？在这风雪交加的茫茫原野上，他根本就分不清东南西北来。杨松彻底迷路了！细碎的雪不停地往下飘着，杨松的眼睛都快睁不开了，风把他的皮肤吹得生疼。

杨松好不容易才在灌木丛旁的雪地下面发现几株枯萎的麒麟草露出头来。虽然草已经枯萎了，但此时却显得非常善解人意，草尖弯曲着指向北方。

确定好方向后，杨松便开始上路了。他一旦迷失方向时，便开始挖掘雪地，寻找麒麟草。在冰天雪地的这种地方，麒麟草就是猎人的指南针，只不过它指着的永远都是北方。

杨松终于走到了下坡路，巴因河就在眼前了。雪停了，整整一天，杨松都在寻找野鹿的脚印，但他却一无所获。

天又黑了，杨松只好在冰天雪地中过夜了。由于前一天晚上也是在雪地中过夜的，他的脸和脚都被冻伤了，现在还一阵阵地火烧火燎地疼，他只好咬紧牙关忍受着。

第二天天一亮,杨松又开始了捕猎行动,可还是什么都没有看到。于是,他便一路向东走去。至于为什么要一直往东走,他也不清楚,总觉得前方似乎有什么东西在召唤他一样。

七

杨松向东渡过了巴因河,来到了一处宽敞的没有树林的地方。他又前行了一千米,终于在雪地上发现了一些很模糊的脚印。仔细一看,正是野鹿留下来的,不过脚印已经被昨天的暴风雪覆盖了不少。于是,他又顺着脚印所指的方向追了下去。随后,他又在雪地上发现了六头鹿躺下睡觉时压出来的印痕。还有一个特别大的脚印,不用说,一定是桑德尔公鹿留下来的。这可是新留下来的脚印啊!杨松发现野鹿就藏在距离这里不到两千米的地方,于是又继续顺着脚印往前走。可是走了还不到一百米,他就在薄雾笼罩的丘陵地带发现了一群竖着耳朵站立的动物的身影。是其中的那五头鹿。同时，他还看见不远处盖满积雪的山顶上站着一头公鹿，它的头上顶着像鸟巢一样大的犄角。

杨松刚准备开枪，鹿群便发现了他，六头鹿全都像风一样逃走了。杨松在后面拼命地追赶，可是他哪能追得上这些鹿呀！鹿群所在的丘陵似乎特别钟爱这些野生动物，很快就把它们隐藏起来了。

桑德尔公鹿知道猎人就在附近，于是便把鹿群分成了两组逃走。杨松直奔公鹿追去，公鹿很快就把他甩出了老远，迅速地登上了远处的山丘。杨松见公鹿翻过了山头，便飞快地横穿谷底，想在前面拦截它。可是，杨松虽然看到了公鹿的脚印，却始终没有看到它的身影。经过反复琢磨，他才明白到底是怎么一回事。原来，公鹿上了山顶后，很快又登上了另外一座视野更开阔的山坡，杨松穿越谷底时，公鹿就已经看见他了。所以，公鹿临时改变了奔逃的路线。

公鹿真的和人类一样聪明啊！

杨松开始研究起公鹿的脚印来，他发现公鹿在跳跃的时候，步伐之间的距离变得越来越小了，这意味着它已经很疲惫了。可为什么又突然看不见它了呢？杨松经过一番仔细勘察，过了好长时间才弄清楚答案：公鹿竟是踩着自己以前留下的脚印倒退回去了！倒退了一段距离后，它又用力跳到了一边，改朝其他方向跑去。杨松发现脚印中断后，还得重新绕回原路，再花上很长时间才能找到公鹿的新脚印，然后才能继续追赶。

　　用这个方法公鹿成功地脱逃了好几次。可是杨松却发现，公鹿的脚印距离竟然又变大了，难道说它这么快就又恢复元气了？这真是太不可思议了！黑夜再次降临了，杨松停止追踪，安营扎寨，又在风雪中度过了一夜。到了第二天早晨，在白天的光线下，杨松终于揭开了谜底。原来，自己一直追踪的，居然是公鹿以前留下的脚印！

　　不过，杨松从公鹿的旧脚印中还是可以隐约看出新脚印，看样子，桑德尔公鹿已经疲惫到了极点，被杨松追赶得毫无喘息之机了，而且已经累得不想进食了，甚至整夜都会提心吊胆，睡不着觉。为了追赶公鹿，杨松也在雪地里跋涉了好几天。现在，他重又回到了出发时的那座山丘。

最后一场长时间的追捕开始了。周围都是充满沼泽的森林地带。通往森林的入口有三个,公鹿从其中一个入口进入了森林。杨松判定,这头公鹿一定会从森林里面出来,因为它现在已经累得没力气了。于是,他轻手轻脚地朝第二个入口走去,找了一个适当的位置,把自己的衣服脱下来,和皮带一起挂到了树枝上,之后,他又轻手轻脚地走到了第三个入口附近隐藏起来。

等了一会儿,不见有什么动静,于是杨松便模仿松鸦的声音叫了几声。这是松鸦发现敌情时的一种叫声,野鹿就是靠这种叫声提高警惕的。不一会儿,杨松便看到它了——桑德尔公鹿躲在一处茂密的丛林边,它晃动着耳朵,想听清楚松鸦的叫声是从哪个方向发出来的,同时眼睛一直警惕地看着四周。

杨松吹了一下口哨。公鹿吓了一跳,可它还是一动不动地站着。由于它距杨松有一段距离,而且还有很多树枝遮挡着,所以杨松根本没法下手。公鹿此时正背对着杨松,嗅着风中传来的味道,一直凝神望着自己刚才进来的路面。它根本就没有想到,猎人正在它回去的路上等着它呢。

这时,一阵微风吹来,杨松挂在树上的衣服被风吹得来回晃动,发出轻微的响声。公鹿被这边发出的声音误导了,立刻穿过茂密的树林,静悄悄地朝杨松的这个方向走了过来。

杨松一直蹲在茂密的白杨林里,全身的神经都绷得紧紧的,大气儿都不敢出。突然,他听到一个小树枝断裂的声音。杨松赶紧抓起枪,慢慢地站起身来,开始瞄准。这时,在他前面大约五米远的地方,一个动物也慢慢露了出来,一开始是仿佛用青铜象牙做成的鹿角,接着是它的头,然后就是它那美丽的身躯。毫无疑问,眼前这个动物就是杨松一直追赶的桑德尔公鹿。现在,杨松和公鹿就那样面对面地站立着,互相凝视着对方。

杨松追赶了几年的公鹿如今就站在他面前,为了追赶它,他曾经翻山越岭,不畏严寒,吃尽了苦头,从中体会了大自然的无情。如今,这头公鹿就在他面前,离他如此之近。桑德尔公鹿的性命终于掌握在杨松手中了,他只要一扣扳机，随时可以将它置于死地。

可桑德尔公鹿似乎并没有打算逃跑。它看起来毫无畏惧之感，却用饱含悲伤的眼神凝望着眼前这个举枪要射杀它的人。杨松不由自主地放下枪来。要是杀了它，他会内心不安的。与此同时，那长期积存在内心深处的良知和怜悯之心也完全释放了出来。很早以前，他的心底里就种下了这样的种子。

于是，杨松对着公鹿喃喃地说道：

"你是多么漂亮的一个生灵啊！你的心一定也美丽无比。要不然，你怎么会知道我不会杀你呢？以前，我们一直对立，现在，就让我们在这片广袤的土地上，以生物最原始的本来面目对视吧！

"上帝珍爱人类，同样也珍爱每一个动物。虽然我们彼此听不懂对方的语言，可是，我们却能感应到彼此。从现在开始，我们就以兄弟相称吧。我在这个世上生活了二十多年，比你大很多，那么我就是你的哥哥，你呢，就是我那长有美丽犄角的弟弟。以前，我一直不了解你，但是我相信，你一定非常了解我，要不，你怎么会用那么温顺的眼神来看我呢？

"是的，我决不会动你分毫。以后，我也不会像狼一样到处追踪你、猎杀你，更不会贪恋你的躯体了。如果有机会，我一定会好好地保护你，保护你不被其他的猎人和动物捕杀。以后你再也不用害怕我了。走吧，越过这片树林和山丘，好好地在我们自然母亲的怀抱里生活下去吧！在那辽阔而广袤的土地上，自由自在地呼吸吧！以后，我可能再也无法见到你了，尽管如此，我还是希望你能生活得更加快乐和自由。走吧，兄弟，走吧，我善良的朋友！"

从那以后，虽然又听过很多关于桑德尔公鹿的故事，杨松却再也没有捕杀过野鹿。